Best Time

白马时光

一本好书

< II >

如何阅读一本好书

The Wonderful Read

关正文

主编

山東文藝出版社

图书在版编目（CIP）数据

一本好书. 2，如何阅读一本好书 / 关正文主编. -- 济南 ： 山东文艺出版社，2021.1

ISBN 978-7-5329-6141-2

Ⅰ. ①一… Ⅱ. ①关… Ⅲ. ①散文集－中国－当代 Ⅳ. ①I267

中国版本图书馆CIP数据核字(2020)第268041号

一本好书2：如何阅读一本好书

YI BEN HAO SHU 2 : RUHE YUEDU YI BEN HAO SHU

关正文 主编

主管单位	山东出版传媒股份有限公司
出版发行	山东文艺出版社
社　　址	山东省济南市英雄山路 189 号
邮　　编	250002
网　　址	www.sdwypress.com
读者服务	0531-82098776（总编室）
	0531-82098775（市场营销部）
电子邮箱	sdwy@sdpress.com.cn
印　　刷	河北鹏润印刷有限公司
开　　本	880mm×1230mm　1/32
印　　张	9
字　　数	192 千
版　　次	2021年 1月第 1 版
印　　次	2021年 1月第 1 次印刷
书　　号	ISBN 978-7-5329-6141-2
定　　价	49.80元

一本好书 小序

别人的日子

我特别反对把阅读这件事神圣化。比如，一群孩子闲着，有的在看电视，有的在玩手机，有一个孩子在安静地看书。几乎所有的人都会觉得这个看书的孩子行为正确，将来一定会有出息，也不管他看的是一本什么书。这就是阅读行为的神圣化。

在我看来，读书作为一个动作，是无所谓好坏对错、高雅低俗、该不该提倡的。读无聊的、低价值的书，并不比玩游戏、刷视频社交软件更高尚，因为这同样是在浪费时间和生命。反过来，玩好的游戏、刷有趣的视频社交软件，可能比读烂书、坏书要有益得多。随着印刷工业的发展，人类每天都在生产制造大量被叫作“书”的东西，其中的 90% 都不值得一读，9% 只值得翻阅，剩下的 1% 才可能值得我们花上一生中最宝贵的一天时间把它读完。

这 1% 是有标准的。一本好书，必须能给你带来新鲜的经验，让你能认知自然、认知社会、认知他人、认知自己，并且能够化作你自己应对自然、应对社会、应对他人、应对自己的经验储备，从而提升你自己生命的价值。从这个意义上来讲，当代的阅读是宽泛的、形式多样的。看电影、看电视剧、看视频新闻、看真人秀，都是在看别人的日子、别人的经验；玩互动游戏，是与别人一起经历特定场景下的新鲜经验。这些行为，只要是在有效地丰富认知，就与阅读具有同等功效，或者说，这就是在阅读。如果一本书的内容全都是汤汤水水的陈词滥调，或者全都是你已经听了一万遍的“鸡汤”道理，对丰富你的经验没用，那么它对你来讲就不是一本好书，不值得你投入时间去阅读。相反，如果一段视频、一个段子，让你看到了别人的新鲜生活、别人的有趣想法，一个互动游戏让你有了特别的人生体验，那么你的娱乐消遣就是有收获的，你投入的时间就是值得的。

但一本好书还有一个更高的标准，就是获得新鲜经验的效率高。你在街上盯着行人看一天，也能看到他人的生活，但老看就没意思，因为新鲜的发现实在太零星稀少了。你看几小时视频社交软件，其实只有一两条给了你意外的惊喜。你玩一天游戏，游戏的经验值必须增长一长条，人生的经验值才能新增一点点。同样去获悉有认知价值的故事情节和人物命运，你看剧集要用掉 60 小时，看书只需要 6 小时，而且还不用苦等着剧集更新，效率的差异是明显的。

当然，计算这种效率的差异，会让一件有趣的事情变得很无趣。但是说句实在话，阅读之所以需要被推广而无法成为更多人天然的喜好，根本的原因就在于此。电影也好，剧集也好，本质上就是把故事的内容演给你看，让别人的日子直观、生动、鲜活、具体地出现在你的眼前，让你可以更直接地从他人的经历中汲取经验。在由文字构成的图书里，这种直观、生动、鲜活、具体的场景，是需要你自己在脑中想象合成的。这种合成不但比直接看到费劲，而且经常不直观、不生动、不鲜活、不具体。演员的表演创作还提供了对故事的理解，让你能看到故事中隐藏的行为动机和内心轨迹，你会因为收获大增而觉得有趣。如果没有了演员的表演阐释，这些信息，很多人就会接收不到。

这说明享受阅读是有门槛的、需要训练的。作为节目，《一本好书》就是试图把表演的阐释和文字阅读的想象结合在一起，为更多的读者提供一个视觉想象、人物状态想象的支点，以便获得欣赏全书的趣味体验。其实，只要你能自己完成这些视觉的想象，你就会在头脑中看到远超很多演员所能实现的演绎精彩度的画面，得到比看剧集更丰富、更强烈的趣味满足。只有当一部影片的演绎超出了你的想象，那才是真正值得阅读的片子。

当然，能够看见文字所描绘的形象，还不是阅读最高的境界。这些形象还只是表象，而不是有用的认知经验。所以，节目还要夹叙夹议，让成熟读者分享在阅读中接收到的信息，提供经验获得的引导。本书中参与评论的嘉宾有老朋友许子东、吴伯凡、史航先生和陈晓楠女士，还有新朋友——著名的编剧宋方金先生，他们对故事情节如何转换为认知经验提供了精彩的示范。把所有这些用文字的形式固化下来，就是现在这本书的价值所在。

需要补充说明的是，尽管很多人在说，阅读不必有什么实用的目的性，而应该是一个广泛的他人经验的积累过程，但我还是想强调一个事实，那就是任何读者通过阅读所能汲取的有效经验，都是与自身现实境遇相关的。哪怕你看的是别人怎么当皇上，或者是天下首富如何征战商场，最终都会转化为我们这些平头百姓的日常。

所以，我们在《一本好书》中特别突出了所有入选经典与当下现实热点问题的关联性，以便激活大家思考和讨论的兴趣，而不是让经典仅仅作为知识点存在。在我看来，所谓独立思考的能力和习惯的养成，第一步就是思考身边的现实，丰富日常的经验。

读书不是为了炫耀知识，不是为了塑造气质，只是为了看到别人的生活，过好自己的日子。

关正文

序

《一本好书》做了两季，这个节目本身也要生出“一本好书”了，关老师说，写点什么吧，留痕。

留下了什么痕迹呢？闪回许多画面：骆驼祥子挥汗如雨的胡同，盖茨比富丽堂皇的客厅，藏族土司的二层城堡，汤姆·索亚流连的荒野小岛……是的，我都去过了啊。每一个场景，我都扎扎实实身处其中，在人物身旁徘徊，端详他们细微的表情；而神奇的是，与此同时，我却又感觉身在千里之外，相距几十年、几百年的距离，遥遥地看着他们，甚至是看着那些看过他们的人，我们相视一笑，感叹唏嘘。

这确实是我从未有过的主持体验、读书体验、戏剧体验。对我来说，这样穿梭时空、跳进跳出，更像是一场梦。

我想起摄影棚那扇重重的大门，它似乎是这场时空大梦的分界点，推开它，一切暗下来，走到一个小小的圆桌前，招呼一左一右两个伙伴，启程。

关正文老师是业界大神，我多年的偶像，第一次见他是在一个活动嘈杂的现场。他说：“晓楠，我正好有个读书的节目在筹备，说不定你行。”我行？我肯定不行啊。读书节目是多少年来视频媒体的“科研难题”，小众、晦涩、清高……在这个时代，连这个野心都很少有人再提起，况且我也不是学富五车，几斤几两自己知道。当下未及多聊，各自散去。

几个月后偶然再见，他还是那么气定神闲：“上回说的那个事儿马上开拍了哈，我让助理跟你联系。”

就这么被偶像赶鸭子上架了，但实际上，第一次推开那扇黑漆漆的大门之前，我完全不能想象，我们要用什么样的方式读这些百年来的经典，很多人的一生之书。

“我们不是在讲文学修辞、故事结构、历史地位，我们就说一个事儿，今天我们为什么还需要读这本书。”

在节目第一季中介绍过的《查令十字街 84 号》，是一个著名的有关书、有关爱书之人的故事。美国与英国，两位爱书之人隔着地理空间遥遥呼应，鸿雁传书，一生未能相见。关老师把这相隔千山万水的两地设计成了一个圆形剧场的两面舞台，观众被环抱其中，左右观看，那份因文字而生的相知与默契，就这么穿透观众的心往返传递。这样巧妙的设计不仅让我赞叹，更让我觉得这似乎也是一个绝好的比喻——这不就是我们在做的事吗？沉浸其中，看那些书，看那些爱书的人如何读着这些书，看每个人与这本书相遇时的那种独一无二的触动。

必须要承认，除了第一次茫然紧张，后面每一次录影甚至成了我隔一段时间才能攒够的犒赏自己的糖果，确实只能用“幸福”二字形容。许子东老师，史航老师，吴伯凡老师……就好像一场奢侈的旅行，有幸拉上最懂行的导游，每一处的精彩都被细细解读。更吸引我的是，这段旅行甚至还有时光倒流的功能，我一次次坐在当年与这本书相遇的他们身旁，看他们如何茅塞顿开，如何拍案叫绝，如何哈哈大笑，如何深思怅惘。

我想我不仅用最独特的方式再次读了这一本本的好书，也读了这些读书的人。

谢谢《一本好书》。

陈晓楠

2020 年 10 月

目录

CONTENTS

一本好书

第一本书

×

了不起的盖茨比

“每当你要批评别人，”
他告诉我，“要记住，世上
不是每个人都有你这么好的条件。”

《了不起的盖茨比》是美国作家弗朗西斯·司各特·菲兹杰拉德创作的一部以20世纪20年代的纽约市及长岛为背景的中篇小说。

小说的叙述者尼克，因一次偶然的机会，闯入了挥金如土的大富翁盖茨比隐秘的世界。尼克惊讶地发现，盖茨比内心唯一的牵绊竟是河对岸那盏小小的绿灯——灯影婆娑中，住着心爱的旧情人黛熙。

盖茨比曾因贫穷失去了黛熙，为了能触碰到梦中的爱情，盖茨比每天开着奢华的派对，只盼黛熙有一天走入他的公馆，与他重逢。然而，美梦在冰冷现实中节节败退，暗藏着不为人知的悲剧……

《了不起的盖茨比》对我始终是绝好的作品。兴之所至，信手翻开一页，读上一段，一次都没让我失望过，没有一页使人兴味索然。何等妙不可言的杰作！我真想把其中的妙处告诉别人！

——日本著名作家 村上春树

精彩书摘

在我年纪更轻、见识更浅时，父亲曾给我一个忠告，它至今仍在我脑海萦绕。

“每当你要批评别人，”他告诉我，“要记住，世上不是每个人都有你这么好的条件。”

他的话到此为止，但我们向来话虽不多，心意却是相通，我能明白他的言下之意。自那以后，我从不随便评判别人。这种习惯使我见识了许多古怪的性格，也让我领教了不少极其无聊的人物。如果正常人有这种脾气，心理异常的人很快会察觉到，并前来纠缠不清；所以上大学时，有人错怪我像个政客，因为甚至连有些冒失的陌生人也会来找我诉说心事。我并不想知道他们的隐私——如果按照以往的经验，发现有人就要向我倾吐衷情，我通常会假装睡觉、忙碌或者心不在焉。因为这些年轻人的衷情，至少是用来表达它们的言语，每每并不由衷，而且总是欲说还休。不去评判别人就是对别人怀有无限的希望。我父亲那句话好像有点瞧不起人，我的转述也显得很势利，但其实他想说的是，基本的道德观念并非与生俱来、人人皆有的东西。现在我仍然牢记这个道理，以免误会别人。

如此自夸宽厚待人之后，必须承认的是，我的宽厚也有个限度。别人的行为或有磐石般靠得住的基础，或有烂泥般靠不住的理由，可是一旦过分到某种程度，我也就不管背后的原因了。去年秋天我从东部回来后，我恨不得世人全都穿上军装，永远向道德立正致敬；我再也不要参加各种乱七八糟的活动，再也不要窥见人们的内心。只有盖茨比例外。这本书是以盖茨比命名的，他曾经象征着我厌憎的一切。倘使人格是许多连续不断的成功行动，那么他身上自有雍容华贵的气派，他对生活的各种前景也敏感得如同一台能够测知万里之外地震的精密仪器。这种敏锐并非那种被冠以“天才气质”美誉的多愁善感，而是一种永不言弃的乐观心态，一种罗曼蒂克的随机应变，是我在别人身上未曾发现、以后也很可能不会再见到的。是的——盖茨比其实完全没有问题，使我暂时对人世徒劳之悲哀和易逝之欢欣丧失兴趣的，是盖茨比身边那些食客，是那阵在他的梦想破灭之后飘散的污浊灰尘。

我的家族在这座中西部城市已经兴旺发达了三代人。卡拉威家族算得上是名门望族，我们家历来自称是伯克禄公爵的后裔，但一世祖实际上是我祖父的兄长。他在 1851 年来到此地，南北战争时派人替他去打仗，并做起了我父亲如今经营的五金批发生意。

我从未见过这位祖伯父，但据说我长得很像他——证据就是父亲办公室挂着的那幅面无表情的画像。我从纽黑文毕业是在 1915 年，距我父亲从那毕业正好四分之一世纪。不久之后，我参加了那场受阻的条顿大迁徙，也就是所谓的世界大战。我经历过非常激动人心的反攻大战，所以回乡后反倒待不住。中西部不再是温暖的世界中心，现在它像是荒凉的宇宙边缘——于是我决定到东部去学习债券生意。我认识的人都在从事债券交易，所以我认为这行业再养活一个人应该没问题。我的叔伯姑姨商量了很久，仿佛是要为我挑选某个预科学校，最后他们带着沉重、勉强的表情说：“嗯……那好吧。”父亲同意资助我一年，经过几番耽搁，1922年春天，我怀着一去不返的心情，启程来到东部。

摘自果麦文化，李继宏译《了不起的盖茨比》

【作者简介】

弗朗西斯·司各特·菲兹杰拉德（1896—1940），20 世纪美国杰出作家。他是海明威的伯乐，他影响了村上春树的文体，他是和欧·亨利齐名的短篇小说之王，他是美国“爵士时代”代言人。

1920 年，弗朗西斯凭借长篇小说《人间天堂》一举成名，1925 年出版的小说《了不起的盖茨比》，则奠定了他在美国现代文学史上的地位。

一本好书 剧场

【角色】

尼克：牛骏峰

盖茨比：张晓晨

汤姆：徐僧

黛熙：田沅

财富是一条路

可以毫不夸张地说，盖茨比是当时美国最“富”的人。当然，说他“富”，并不是称赞他从一个穷小子经过五年创造了多少财富神话，而是因为他最富有梦想。

即使富可敌国，财富在盖茨比手里，不过是用来铺一条通向彼岸的爱情之路。是的，爱情是他的梦想，那个叫黛熙的姑娘是他的梦想。

年轻时盖茨比一穷二白，他不过是一个少校军官，但他爱上了一位出身名门的姑娘黛熙，随后因第一次世界大战爆发，盖茨比去了欧洲。黛熙嫁给了汤姆，一位美国最富有家族之一的继承人。

在五年里，盖茨比只做了一件事，那就是从一贫如洗、寂寂无名的穷人，摇身一变，成了富翁，家财万贯，并在富人区买了座大别墅。

不，这样说有损盖茨比神圣的梦想，应该说盖茨比在这五年里做的唯一一件事，就是对已嫁作人妇的黛熙仍念念不忘，他想离她近一些再近一些，于是他住在了黛熙家对岸。

在盖茨比心中，财富不是数字，而是一条路，通向他的爱。

一个人的爱情盛宴

盖茨比是寂寞孤独的，他夜夜在豪宅里举办盛宴，社会名流鱼贯而入，觥筹交错，纸醉金迷，他却从不露面，他只等一个人来。他用声色犬马、灯火通明来吸引黛熙。

盖茨比最喜欢站在别墅花园前的码头，在夜晚的迷雾中，一个人远远地眺望对岸那闪烁的绿光——那是黛熙的住处。无数次，盖茨比颤抖着伸出双臂，伸向那一道不远不近，却似乎永远抓不住的绿光。

他的双臂空着，心也空着。

也许正是因为这一场爱情盛宴只有他一个人，也许正是因为心里一直空着，盖茨比没有选择的余地，他只有继续爱。继续爱，才可以弥补他灵魂的缺失。

她喜欢钱，他就做有钱人；她喜欢上流社会的纸醉金迷，他就把每一个夜晚装扮得灯红酒绿。

他爱得一往而深。

戴顶金帽子继续爱

经邻居尼克，也就是黛熙的远房表哥牵线，黛熙终于走进了盖茨比的豪宅。

黛熙被眼前的豪华震慑住了，盖茨比带着黛熙漫步穿过玛丽·安托瓦内特式的音乐厅和复辟时代风格的会客室，还有“默顿学院图书馆”以及仿古的、铺满绸缎、摆满鲜花的卧室……他要她看到金碧辉煌。他的爱纯粹、热烈，叫人心疼。盖茨比知道，黛熙从一开始就喜欢金钱，喜欢奢华的生活，比喜欢他多，但他不在乎，就算尼克提醒他不要对黛熙抱有幻想，他仍是执迷不悟，相信旧梦可以重温。

其中有一处细节特别叫人揪心：在盖茨比拿出一堆名贵的衬衫摆满一桌时，突然之间，黛熙一下把头埋进衬衫堆里，号啕大哭起来。她呜咽着说：“我看了很伤心，因为我从来没见过这么……这么漂亮的衬衫。”

盖茨比知道，自己听得出黛熙声音里充满了金钱的味道；也知道，黛熙在经年后再见到自己，不能说她心中没有一点爱，只是那爱早已掺杂了金钱的味道。

但对盖茨比来说，那有什么关系呢？一如小说开头题词里写的：“那就戴上金帽吧，假如能够感动她……”

盖茨比要爱，继续爱下去。

死，是他爱她的最后仅有的一种方式

盖茨比是了不起的，因为他的爱，因为他的梦想。可是，梦想的大厦正在坍塌。

黛熙开车时不小心撞死丈夫汤姆的情妇梅朵，后来黛熙竟在被迫屈服之下和汤姆一起密谋，将车祸嫁祸给盖茨比。梅朵的丈夫威尔逊以为盖茨比是妻子的情人，便向盖茨比射出了复仇的子弹。

车祸后，尼克曾劝盖茨比出去避一避，但他却一直在等黛熙的电话，因为黛熙和他约好了一起私奔。

当威尔逊扣动扳机时，盖茨比仍然天真地等待着黛熙的电话。盖茨比的天真并非幼稚无知，他明知黛熙不会来电话的，但他就是要等，要一直等着。而那时，黛熙正和汤姆衣着光鲜地出门度假。

一生守候一个人是多么勇敢的童话！《了不起的盖茨比》让人想哭。

盖茨比最了不起，也是最让人肝胆欲碎的是，他不知再如何继续爱黛熙了。从一个穷小子向贵族靠近，从远方向黛熙的住所靠近，可他仍然无法靠近自己的梦想，最后，他只能用仅有的方式——死，去爱她了。

爱到不能爱，死，是他爱她的最后仅有的一种方式了！令人唏嘘，叫人肠断。

一本好书 **名家解读**

陈晓楠：在这本书里你听到金钱叮叮当当的声音，为什么一定要强调他的背景、他的浮华、他的财富？因为我们所说的这本书里的主人公，他的梦想，以及他对幸福的追逐，其实和金钱是紧紧绑缚在一起的。

吴伯凡：盖茨比一往情深，这种人永远在为夙愿买单，一个夙愿会锁定他一辈子，他等了一年又一年，一生只为那一天。

史 航：聚之后必然是散，合久必然是分。所以给时代唱挽歌，或者让时代给他唱挽歌，是一个必然。

美梦浮华最易碎，深情脆弱一场空

陈晓楠：说《了不起的盖茨比》大名鼎鼎绝对不是夸张，在美国的文学史上，如果说有 100 本最重要的书的话，它排名第二位，在某些排行榜上。它还入了美国青少年的课本。那么这到底是一个什么样的故事？有人看到的是一个穷小子逆袭的故事，有人看到的是一个漫长的等待爱情的故事。它是一个有关成功的故事吗？

史 航：我觉得是一个美国梦的完整陨灭的过程，作者菲兹杰拉德就像掐秒表一样，从这个梦出现就让大家看。在这么短的时间里，我们眼看着起朱楼，眼看着宴宾客，眼看着楼塌掉。

陈晓楠：其实它讲了美国很特别的一个时期，1919 年到 1929 年期间。菲兹杰拉德有一句话说，“这是一个奇迹的时代，一个艺术的时代，一个挥金如土的时代，一个充满了嘲讽的时代”。这十年是一个什么样的背景？

吴伯凡：大繁荣催生的各种浮华，各种夸张的生活方式，包括生产方式，那一阶段的确是美国人都觉得自己的美国梦，无论是个人的还是国家的，都正在展现出来。

陈晓楠：确实出现了一些新贵，暴富的人。

吴伯凡：那是很自然的，就像湿度很大的时候，会一下子冒出很多蘑菇来似的，出现了很多富人。

史　航：我觉得用“蘑菇”这个词形容特别恰当，冠盖如云，但一脚全能踩碎。一战结束之后有一点特别有意思，你看英国在一战结束之后，哀鸿遍野。为什么？贵族青年也死了很多。

吴伯凡：甚至有人把一战形容为消灭英国贵族的一场战争。

史　航：一个集体的葬礼。而美国人呢？他参战，但没有出兵，大家是在国内收着战争的红利，因而他们特别不怕二战，但二战之后美国人的心态就完全不一样了。一战之后对他们来说就像是一个悠长假期，一个欢乐的成年人的夏令营，可以按成年方式随意消费，是不结账的一个假期，每个人都把卡刷爆也没关系。

陈晓楠：我们看到尼克是到纽约去寻找梦想，或者说去找希望。纽约是真正的最能滋生蘑菇的地方。我们刚刚在这里面也看到一些纽约当时的这种浮华的生活方式，它还是很有特点的，是吧？

史　航：在面对浮华的时候，你一方面要嘲笑它，一方面又忍不住动心，就像舞池一样，说不跳，但说着说着就下了舞池。因为什么？浮华它永远代表着天真，天真等同于年轻，而年轻不就是青春？青春谁能不赞美它。所以菲兹杰拉德说着你浮华，带一种嗔怒——你们这样有意思吗？转头又说，好吧，如果有意思，我再陪你们待会儿，我也不着急走，反正我也没什么事。所以当有一天，他发现有钱人没那么有意思的时候，这事会毁了他。

陈晓楠：幻灭了。

史　航：这就是菲兹杰拉德最后的人生。

吴伯凡：所以这整个的人群叫迷惘的一代，他这本薄薄的书反而成为迷惘的一代的代表作，很能代表浮华之后的那种幻灭。

陈晓楠：在这本书里你听到金钱叮叮当当的声音，为什么一定要强调他的背景、他的浮华、他的财富？因为我们所说的这本书里的主人公，他的梦想，以及他对幸福的追逐，其实和金钱是紧紧绑缚在一起的。

吴伯凡：书里有一个细节，就是汽车修理厂，那是美国的汽车业最繁荣的时候，从最早只有富人才能拥有的奢侈品，到普通人都能够拥有的汽车，这是一个非常典型的繁荣的十年。

陈晓楠：我们就看看这个繁荣年代里的群像。首先是早早出场的汤姆和黛熙，他们看起来郎才女貌，是神仙眷侣，但实际上在短短的时间内已经暴露出了他们婚姻当中非常大的问题。这两个人是什么样的一个角色？

史　航：汤姆说了，不许说我笨，开玩笑也不行。他的笨就在于他有他的傲慢，不是简单的脑子不好使的事，他有他的傲慢，有他的无耻，裹挟起来是一个360度无死角的笨。所以他只能在人家汽车修理工的太太面前来扮演一个白马王子，在别的地方轮不到他，他其实是一个四肢发达、头脑简单的“运动员型”的这么一个男人。

吴伯凡：他打马球，上大学时得过冠军之类的奖项。

史　航：体育生。

吴伯凡：跟阿甘是一样的。由于他意识到自己其实是很笨的，所以特别在意，首先要装成一副极其强大的样子，你看他走路。

陈晓楠：虚张声势。

吴伯凡：虚张声势的人一般都是自卑到极点的人，身上有很多暗伤，你稍稍一碰，很友好地拍拍肩膀，结果他就疼得“哎哟”一声，就是这么一个人。

陈晓楠：他和梅朵的关系是什么样的？

史　航：他是个随时暴怒的人，就特别需要收获自尊，要是黛熙不给他，他就马上找别人，不管谁给都好。

吴伯凡：因为他骨子里头有一种自卑，他也知道黛熙心里头并不是完全认可他的，所以他要找到自己的自信。自卑的人要找到自信，他一定是找比他低很多的、仰望式看他的人，他就想找到那种感觉。

陈晓楠：这前面始终在塑造悬念，这个悬念越推越高，你心里的好奇也越来越高。盖茨比作为一个神秘的人物，当人们谈起他，会说他是皇帝的亲戚，等等。

史　航：被这帮人提起的这个人，让你感觉他可能也是俗不可耐的，但俗得比他们早，有钱比他们早。你看书的时候会这样想，你不会觉得那是一个真正让人动心的人，他不是屠格涅夫笔下的罗亭，他不是托尔斯泰笔下的安德烈公爵，那些人出场你就会想很多。我看的时候，就觉得他是一个被“刷屏”的人而已，上流社会的偶像。

陈晓楠：小说里在谈到“你不知道盖茨比吗？他是我邻居”的时候，黛熙的表现还是挺微妙的，突然很在意地问了一句，“哪一个盖茨比”。

史　航：你刚刚说得特别对，到处叮叮当当，一直在传各种金币的声音，就跟超级马里奥似的，你走到哪儿都撞到金币的感觉。但这个时候还是会有跟感情有关的事情，跟挫败感有关的事情，这种不能叫纯情，但它可能是一种被金币活埋了的深情。用焦晃老师形容艺术的话说，艺术是隔壁的隔壁的钢琴声。这么多硬币叮叮当当一直在往下掉，但远处是有一个钢琴声的。所以盖茨比出现在小说中间时，好几次都是剪影，很久你才见到他本人。盖茨比绝不是代表美国梦中最浮华的那部分，而是最脆弱的深情。

陈晓楠：众人传说之中的，包裹了层层传说的盖茨比，他出场的时候究竟是什么样？而且在这个叮叮当当的金钱声中，我们在远处能听到的，那一点点有关情感的声音，又是什么样子？

你知道什么最贵吗？就是你的执念最贵

陈晓楠：黛熙当年对于自己的婚姻到底做出了什么样的选择？她和盖茨比之间的感情其实决定了后面他们命运的走向。盖茨比当然是一往情深，黛熙呢？

史　航：她就是那种复盘之后会承认我当时好像对你不够有信心的人。其实我们每个人都经历过这样的时候，但正是因为处在美国纽约的那样一个浮华时代，这个故事就变成了肥皂泡跟肥皂泡之间的战争，其实都是电光幻影，没有多少踏实的感情。但是有的人就会死死抱住那个肥皂泡，如果它破了，那就是我这个人被扎碎了，也有的人炫耀说看我有多少肥皂泡，他在进行他的财产统计。看这个故事时，其实我们都怀着嘲笑的心，但慢慢在肥皂泡上看到自己的脸的时候，你可能会发现自己也不过就是那个汤姆或者盖茨比。

陈晓楠：盖茨比在长达五年的时间里与黛熙隔海相望，他沉浸在自己对那场爱情的无限的浪漫回忆和幻想当中。所以这份浪漫主要是属于他的，黛熙其实是往前走了。

吴伯凡：这两个人其实本不是一条道上的，因为一场相遇，盖茨比上心了，而黛熙，用我的话说，她的内心有两个轮值的CEO。有的时候，她是很在乎这些东西的，过了两天她又变了，或者在某个场景下，她立即切换成另外一个样子。黛熙有几个细节，盖茨比要去战场上时，她要来送行，她妈妈不让，最后她就没来，这是一。第二，当她要跟汤姆结婚的时候，盖茨比给她写了一封信，她看了哭得跟泪人似的，那个细节描述得很有画面感，最后那封信在澡盆里头溶化，然后被冲走了。

陈晓楠：她又把项链戴回去，然后结婚。

吴伯凡：她戴上了项链，好像什么事都没发生似的，她的内心住着两个黛熙。但是盖茨比不知道这些，盖茨比一往情深，这种人永远在为夙愿买单，一个夙愿会锁定他一辈子，他等了一年又一年，一生只为那一天，然后就永远被一个画面所绑架。这个画面是什么呢？他以他的那种痴情想象出来的一个非常动人的场景，但是他不知道这个场景只是一个场景而已，他在实际的世界里头已经悄然地幻化了。他刻舟求剑，一直停留在那种夙愿里头，并且所有的奋斗、所有的努力，都是为了那个画面。这个画面对他来说非常具体，就是在邻居家的客厅里头相逢喝茶，以最好的角度看那个房子。他花了那么多钱，其实就是为了找个角度看那个房子。

陈晓楠：然后他还提前去尼克他们家看自己的房子，想象着将来黛熙从这儿看到自己家的大房子是什么样。所以到那一幕，黛熙说，这是你的房子吗？——那是我的房子。

吴伯凡：在这个场景里头，黛熙 A 就出场了，一下子又回到了从前。问题是她是轮值的，在某一个场景下，那个理性的乖乖女，那个世俗的，盖茨比完全不知道、不认识的黛熙就会出来。要命的是，最后他要面对的可能是后面这个人，这就是一种致命的相遇。

陈晓楠：实际上他俩重逢之后，在短短的蜜月期过后，他已经发现了她有某些不太开心的地方。

吴伯凡：他夜夜笙歌，他原来想象的是买下这栋房子，把纽约的所有名流都吸引过来，总有一天，黛熙会听说、会来，然后想象那样一个场景——来了以后，她会问，你怎么在这儿？他会说，这就是我的房子。就是为了这句话，他打算一辈子都在这儿。但后来他发现黛熙对这些东西不太感兴趣，她是富家女。

陈晓楠：她其实对金钱没有那么敏感。

吴伯凡：黛熙，或者说黛熙 A 是一个很纯情的人，她是富家女，非常纯情，你看她哭成个泪人，喝酒喝成那个样子，一封信就能让她那样，那是真的，一点儿都不是假装的。她实际上在乎的是曾经跟她在一起的那个盖茨比，她不在乎今天这个纸醉金迷，为了一个夙愿不停地奋斗，来为这个夙愿买单的人。但是盖茨比不这么想，在他的心目中，黛熙之所以放弃他，是因为他穷，所以他就拼命地要做这样一件事。

陈晓楠：他是过过苦日子的，而黛熙没有，所以她反而没有这种反差印象。

吴伯凡：她反而对财富有相当大程度上的平常心，这是她跟盖茨比本来就不是一路人的一个很重要的原因。

陈晓楠：你别看盖茨比有这么多钱，但其实他有很幼稚的一个执念，就是我有钱了，我用金砖一定能敲开幸福之门，而且这个幸福之门必须是以前的那个门。他是说我现在要回到我们初吻的那个阶段，说既然后面这个人生走错了，这幅画画得不对，我要撕掉，我再买一幅。

吴伯凡：全部涂白，重新再来。

陈晓楠：但是黛熙说的话对他是毁灭性的打击，如果她曾经爱过别人，那他永远不可能了。

吴伯凡：对。而且说了一句我也爱你，然后说这句话也是骗你的。他完全受不了，他是一个非常纯洁的少年，还没长大。他表面上已经是一个暴发户了，在财富年龄上已经很高很高了，但是在情感年龄上，却依然很幼稚。

史　航：此前我们看各种爱情故事，看《少年维特之烦恼》之类的，会发现无论是盖茨比，还是维特这样的人，我们很难在机场书店买一本书《维特爱情攻略》《盖茨比爱情十大高招》，没有这样的书。他们是“没办法”的人，他们最多有办法打败自己，或者把自己摆在那儿，让别人打败他们，就是这一点打动我们。尼克有一次看到盖茨比站在那里，好像在看星空，看哪颗星星属于他。一开始听到这话，你觉得这是有钱人站在那儿准备要买星星了，要以他的名字命名星星。但是其实那幅画面是什么？是在这个真实的世界里，他已经无路可去，他想移民，他想私奔，但没人跟他走，他只能一个人嫦娥奔月，奔星空。实际上他仰望星空，不是因为他有钱，而是因为他没办法。

陈晓楠：金钱的能量到底有多大？金钱能买来的究竟是什么？金钱，爱情，财富，命运，他其实一直在探讨这些话题。

吴伯凡：我看过这样一个故事，说有一个小伙子，他已经开始谈恋爱了，有一天他爸爸把他叫过去问，你知道这个世界上什么东西最便宜吗？你知道什么东西最贵吗？他有点愣了，不知道怎么回答。他爸爸说，今天是情人节，我看你要买玫瑰花，玫瑰花是最便宜的。你知道什么最贵吗？就是你的执念最贵，你需要送花的那个人是最贵的，你所有的身家性命都压在上头，一旦选错，损失不可估量。但你往往是意识不到的。盖茨比就是这样，他一辈子就在为他的一个夙愿，为他的一个执念，为他的某一个幻想出来的场景买单，除此之外，他的世界是空白的。所以他在这个世界上，其实是一个很无助的孩子。

笑渐不闻声渐悄，多情却被无情恼

陈晓楠：前方等待盖茨比的是什么？现在我们看到的是一场意外。在这个意外里，每个人对这个意外有不同的反应。当然最让我们惊讶的，还是黛熙的反应，盖茨比去替她背锅，然后尼克在窗户里看到的是她和汤姆。

史　航：她和她丈夫之间的恩爱。

陈晓楠：我们怎么看黛熙这个人物？书里写到她一开始出场的时候，

是人见人爱的尤物，非常美妙的一个女子。然后慢慢地，你可以看到她内里的很多东西。

吴伯凡：我不会说她是阴险、世故的，我觉得不是那么简单，她就是一个很会审时度势的人，情况变化的瞬间，她不需要太多思考就能够找到最恰当的选择。她绝对不会像盖茨比那样，去为了一个什么信念，为了一个执念，把所有的东西都搭上。可以说在这一点上，他们两个人完全是相反的。

史　航：我觉得黛熙这个角色特别重要的一个特征是，她很早就通过手术摘除了自己的一个器官，这个器官叫“后悔”。她面对35万的选择——是否要戴上珍珠项链，她没有后悔。再见到盖茨比的时候，她可以说我也爱过你，哪怕到最后，接受别人替她背锅和牺牲，她也不会后悔。她不是心安理得，她确实是本能，一种趋利避害的本能。

陈晓楠：趋利避害，或者说审时度势，这几个字其实让人心惊胆战。

史　航：我本将心向明月，奈何明月照沟渠。像是我们看一个人马上要掉下悬崖，你抓住他一只手，他也就抓住你这只手。等他上来了，突然说对不起，我接个电话。他都没注意，刚才是谁抓住他手的。

吴伯凡：笑渐不闻声渐悄，多情却被无情恼。

史　航：聚后必然是散，合久必然是分。最有意思的是，我们在结尾的时候看到了一个非常残酷的童话——从此王子和公主过上了幸福的生活。在汤姆和黛熙他们原来的生活中，渐渐产生了各种杂音，又是梅朵，又是盖茨比，一下子给搅乱了，中间还有威尔逊。但最后他们重归了他们的爱巢，而他们不喜欢的杂音都消失了，不喜欢的人都消失了。

陈晓楠：你觉得菲兹杰拉德把这个泡泡这么残酷地给吹碎了，想告诉我们什么？

史　航：我觉得他根本不是想告诉我们什么，他只是要告诉自己，亲爱的司各特，你能不能长大。

关正文：盖茨比有什么了不起？

《一本好书》第一季介绍过《霍乱时期的爱情》，第二季又介绍了《了不起的盖茨比》。这是两个感动了全世界的最著名的关于等待的故事，两个男主人公都在等待着一个有婚姻的女人，但又非常不同。

在《霍乱时期的爱情》中，穷小子少年阿里萨疯狂地爱上了富家女费尔明娜，并且获得了对方积极的响应。在《了不起的盖茨比》中，穷小子青年盖茨比爱上了富家女黛熙，并且获得了对方积极的响应。爱情的开头，两边的情节完全一样。

阿里萨和盖茨比的初恋都受挫了。两个穷小子都遭到了富豪之家长辈的排斥，富家女费尔明娜嫁给了富豪医生乌尔比诺，富家女黛熙嫁给了富豪明星汤姆。富豪丈夫全都是表面光鲜，实际荒唐，而且全都有不堪的外遇，女主人公的家庭生活全都是充满厌恶和恶语相向，两边的情节完全一样。

两个穷小子的爱情遭遇了刻骨铭心的挫折，却全都改变了贫穷的命运，都成了大富豪，并且都矢志不渝地爱着初恋，生命的唯一目标都是希望实现与初恋在一起的梦想，两边的情节完全一样。

不一样的是，一个成了，一个没成。一个在死亡的旗帜下活着，一个在别人继续的生活中死了。所以，对比他们之间的异同，就变成了一件有意思的事情。

首先，两部作品中男主人公的财富观并不相同。热情奔放的南美人和理性现实的北美人真的就不是同一种人。费尔明娜的盗马贼父亲很有钱，但没什么地位，他最大的梦想就是让女儿嫁给有地位的人，所以他拿着枪来找阿里萨，叫他滚远一点儿。阿里萨明确收到了让他滚远点儿的信息，但对让他滚的原因却毫无感觉。他既没有辩驳说穷人也可以有爱情，也没有因此愤恨贫穷、励志致富。实际上，阿里萨的一生从来就没有追求过财富。他是富人的私生子，这个身份让他获得了在轮船公司工作的机会，并且最终拥有了这家公司，手下船队无数，富可敌国。但他一生中从没有在意过这件事情，甚至从来就不是一个称职的员工，他写的商业合同永远像是散文化的情书。

反过来再看盖茨比，从黛熙离开他的那一刻起，他就认定了这一切只是因为他的贫穷，他投身于贩卖私酒的江湖，积累了巨额的财富，在黛熙家的对面盖起了巨大的豪宅，天天举办盛大的狂欢派对，所有这一切，都是为了在黛熙出现时可以向她证明，自己已经是一个非常有钱的人。

财富观的差异，形成了两个男人对爱情走向判断的不同。对阿里萨来讲，财富并不是赢得费尔明娜的必要条件，爱情，只是一个男人和一个女人之间的事情。所以，他要等待乌尔比诺医生去世，才敢怯怯地问一句：现在，你能接受我的爱吗？但是对盖茨比来说，缺少财富是阻拦他赢得黛熙的唯一障碍，在没有财富之前，他绝不会制造与黛熙的重逢；在展示了财富之后，这一重逢就变成了志在必得的快速进程。他的潜台词是：我已经拥有了配得上你的一切，甚至比他能给你的更多。

有趣的是，作为有钱人家的女儿，无论是费尔明娜还是黛熙，都对追求者财富规模的变化缺乏敏感。对有钱人家富养的女儿来讲，无尽的财富只是世界原本就该有的样子。重新见到初恋，她们只是惊讶于男人的痴情，感动于他们一生的守候，对他们终于成了富翁这件事，却未置一词。

阿里萨和盖茨比对初恋的等待方式是完全不同的。

阿里萨一辈子都没闲着，他有一个小本子，上面记着上百位曾经与他约会过的女人的名字，他也不是没想过走心，但这些女人就是万种飞花难入眼，他心里只有挥之不去的费尔明娜。他曾经想要远远地躲避，但最终选择了留下，利用一切机会，只远远地看上一眼，就幸福得如同上了天堂。等到终于有机会和费尔明娜在一起的时候，他已经是垂暮之年，尽管什么都做不了，但每一秒钟都变得无比珍贵。他从来不会去纠结费尔明娜是不是爱过别人，终于在一起了，这已经超越了所有的梦想。

盖茨比却完全不同。他的等待是守身如玉的，豪宅中美女如云，夜夜欢歌，他却始终是局外人，在远处默默期待着黛熙的身影。他只是制造机会，让黛熙在他精心布置的环境中出现，让他自己在财富的烘托下璀璨登场，却从来没有像阿里萨一样，去主动寻找凝望爱人的机会，享受没有回报的幸福。

盖茨比的禁欲与矜持是同一心态的两种表现方式，了不起的盖茨比很想让自己显得了不起，他所做的一切，很像是用尽一生在准备的一场演出，这种演出是需要掌声、需要赞美的。女演员的表现，也要符合最完美的剧情要求。所以，黛熙的台词必须是："我从来没有爱过别的人。"

而且必须当着她丈夫汤姆的面说出。

这才配得上旷世的等待、艰辛的付出和感动了自己的爱情。但这句无聊的台词，却不是金钱可以买到的。这之后的故事，成了一连串过山车似的翻车现场，小说戏剧化的构思感动了无数爱好通俗读物的读者，让盖茨比显得非常伟大，却再没有什么认知价值。

现实生活中，菲兹杰拉德对于财富的浪漫的敬畏，毁掉了他的一生。这话不是我说的，是他的朋友海明威说的。

一本好书

第二本书 × 简·爱

你认为我没有钱财、家世寒微、

长相普通、身材矮小，

所以我没有灵魂没有心是吗？

《简·爱》是英国女作家夏洛蒂·勃朗特于 1847 年出版的第一部长篇小说，是一部具有自传色彩的作品，成功塑造了一个敢于反抗，敢于争取自由和平等地位，又大胆追求爱情的家庭女教师的形象。

自幼失去父母的简·爱寄人篱下，饱受舅妈一家的虐待，之后被送去条件艰苦的慈善学校，收获了友情与知识，并留校成了一名教师。18 岁时，简·爱受聘到索恩菲尔庄园当家庭教师，认识了主人罗切斯特。两人都被对方独特的气质和丰富的感情所吸引，于是不顾身份和地位的巨大差距深深相爱了。正当他们举行婚礼时，有人证明罗切斯特的前妻还活着。简·爱知道他们不可能有平等的婚姻，于是选择了离开。后来，简·爱无法抵御对罗切斯特的刻骨思念，赶回索恩菲尔时，古堡已成废墟，罗切斯特也受伤致残，但她毅然决定跟罗切斯特结婚，两人最后过上了理想的幸福生活。

每个渴望独立的人都要读一读《简·爱》。

那天出去散步是不可能的了。其实早上我们已在树叶掉得精光的园林里瞎走了一个小时；但吃过正餐以后——没客人时，瑞德太太很早便开饭——冬日的寒风带来了忧郁的阴云和刺骨的冷雨，所以也不必问是否还要外出活动。

我倒是挺高兴的；我从来不喜欢多走路，尤其是在苦寒的午后，因为我害怕迎着凄凉的暮色回家，手指脚趾冻得僵硬不说，情绪也会由于保姆贝熙的责骂而低落，更何况瑞德家的伊丽莎、约翰和乔治安娜还让我自惭形秽。

前面提到的伊丽莎、约翰和乔治安娜正在休息室里，拥簇着他们的妈妈。她半躺在火炉边的沙发上，看到宝贝们围在身边，显得十分幸福——毕竟他们现在既不吵也不闹。至于我，她早已禁止我出现在她身旁；她说很遗憾非得排斥我不可，但除非听到贝熙汇报并且亲眼看见我正在努力培养一种较为开朗和童真的性情，一种较为可爱和欢快的作风，总之在我变得轻松、坦诚和自然之前，她真的必须剥夺我那些唯有知足快乐的小孩才配享有的特权。

“贝熙乱说我什么了？”我问。

“简，我不喜欢别人顶嘴或者质问；还有，小孩子这样和长辈说话真的很讨厌。去找个地方待着吧，要是不能好好说话，你就给我闭嘴。”

休息室旁边有一个小小的早餐厅，我溜进了里面。那里有个书架，我很快给自己弄了一本书，精心挑选了一本带插图的。我爬到窗台座位上，收起双脚，像土耳其人那样盘腿坐下，又将红色莫林布窗帘紧紧地拉起，隐身于这个有着双重屏障的圣地。

褶皱的绯色窗帘遮住右边的视线；左边是明净的玻璃窗，挡住了十一月的严寒，却挡不住凄凉的气氛。我翻阅着手里的书，偶尔端详冬日午后的光景。远处是惨白的云雾，近处是湿漉漉的草地和饱受风雨摧残的灌木，无休无止的雨滴在哀鸣的疾风中狂扫而过。

我的目光回到书上，那是贝维克的《不列颠鸟类大全》；书中文字部分我通常不太留意，然而有些介绍篇章特别精彩，即便年幼如我也难以视若无睹。譬如那些描写各处海鸟栖息地的段落，说它们全是“孤独的礁石和海岬”，唯有海鸟栖居其上；又说挪威沿海地区，从最南端又名纳兹的林德纳斯到北角，散布着许多岛屿，书中是这样写的：

北溟漩涡翻滚沸腾兮
图勒诸岛荒芜而忧郁
西洋巨浪滔天倾倒兮
赫布里底狂风兼骤雨

我也无法忽视拉普兰、西伯利亚、斯匹次卑尔根、新地岛、冰岛、格陵兰等地凄沧的海岸，这些“极北之地苍茫辽阔，人迹罕至，寥落萧索，遍地霜雪，绵延起伏的峰峦覆盖着累积了无数个严冬的坚冰，位处中心的极点因而加倍寒冷”。当时我年纪尚幼，读得似懂非懂，对这些死沉沉、白茫茫的地方产生了模糊的印象，但奇怪的是，这种印象却很深刻。介绍性篇章后面紧跟着许多插图，那一块在汪洋大海中伫立的礁石，那一艘在无人岸边搁浅的破舟，那一轮在云层之后照耀着将沉未沉的失事轮船的惨白冷月，全都因为这些文字而有了意蕴。

墓地里的碑文清晰可见，一个院门，两棵杂树，断壁残垣，天空高旷，新月初升，显然是入夜时分，有一种说不出的冷寂凄清。

两艘轮船定格在死寂的海面上，给人的感觉特别诡异。

妖怪趴在窃贼背后的包袱上，我赶紧翻过去，因为这实在是太可怕了。

同样可怕的还有长角的黑怪，坐在一块大石头上，冷冷望着远处一群围着绞刑架的人。

每一幅插图讲述着一个故事；其时我心智未开，看了以后往往懵懵懂懂，但特别感兴趣，觉得它们很有意思，就像贝熙讲过的故事一样。有时候，在冬天夜里，如果碰到贝熙心情愉快，她会将烫衣板搬到保姆间的火炉前面，让我们在旁边坐下，一边熨暖瑞德太太的蕾丝睡衣，把她的睡帽边沿卷起来，一边为热切专注的我们念几段关于爱情和冒险的文字，它们来自一些古老童话或者更古老的叙事诗，后来我发现有些其实是《帕米拉》或者《摩尔兰的亨利伯爵》中的段落。

当时我腿上摆着贝维克那本书，心里感到很快乐；反正我自己挺高兴的，唯恐有人前来打扰。可惜好景不长，很快有人推开了早餐厅的门。

约翰·瑞德大声说："砰！白痴小姐！"然后他安静了片刻：他发现房间里显然没人。

"小贱人哪里去了？"他接着说，"小丽？小娜！（喊的是他的姐妹）阿简不在这里：快点告诉妈妈，下雨了她还跑出去——这个坏畜生！"

"幸好窗帘拉起来了。"我心里想，特别希望他不会发现我躲在这里。约翰·瑞德光靠他自己是发现不了的，因为他目光没有那么敏锐，头脑也没有那么聪明。但这时伊丽莎从门外探头进来，她马上就说："她在窗台上，保证没错，杰克。"

我立刻从窗帘后面现身，因为我生怕被这个杰克拖出来。

"你要干吗？"我怯生生地问。

"你应该说：'瑞德老爷，您有何吩咐？'"他回答说，"我要你过来。"他大摇大摆坐进一张扶手椅，装模作样招了招手，示意我走过去站到他面前。

约翰·瑞德是个在校生，十四岁，比我大四岁，因为我只有十岁。他的身材比同龄人要高大和结实，肤色黯淡，看上去很不健康，一张大脸长满了横肉，四肢粗壮，手脚都很大。他吃起饭来常常狼吞虎咽，这种习惯让他肝火过旺，目光涣散，两颊挂着松弛的肥肉。这时他本应在学校，但他妈妈将他接回家里已经有一两个月，因为"他体质文弱"。校长麦尔斯先生曾经保证过，只要少吃一些家里送来的蛋糕和甜食，他的身体就会非常好；但在这位母亲听来，校长的意见实在是太刻薄了；她宁可相信一个更精妙的解释：约翰的肤色很差，是因为学习过度刻苦，也许还因为思家心切。

约翰对他母亲和姐妹没太多感情，对我充满敌意。他一直恐吓和惩罚我，不是每周两三次，不是每天一两次，而是持续不断地这样做。我每一条神经都害怕他，每当他走近，我全身肌肉会不由自主地缩紧。我常常被他吓得不知所措，因为无论他是骂是打我都有冤无处申；那些仆人自然不愿为我挺身而出，毕竟那样会冒犯他们的少爷；瑞德太太遇到这种事则变成瞎子和聋子：她从来没看到或者听见约翰殴打或者辱骂我，哪怕约翰隔三岔五当着她的面做这两件事；而在她背后打骂我的次数就更多了。

我向来屈服于约翰，于是走到他的椅子旁边。他花了足足三分钟来骂我，骂得很难听，就差闪到舌根了。我知道他很快就要动手；我很怕挨打，但想到他打人时那副丑陋的尊容，心里不由感到一阵恶心。他可能看懂了我的表情，因为突然之间，他什么也没说，重重地打了我一拳。我趔趄着后退了一两步，才重又站稳了脚跟。

"这是你应得的，谁让你刚才那么无礼地回答妈妈的问话，"他说，"然后鬼鬼祟祟躲到窗帘后面，而且居然还敢用那种眼神看了我两分钟，你这只该死的臭老鼠！"

因为早已习惯约翰·瑞德的虐待，我从来没想过要回嘴，我只想着怎样忍受肯定会紧随辱骂而来的拳打脚踢。

"你躲在窗帘后面搞什么？"他问。

"我在看书。"

"书拿来给我看看。"

于是我回到窗边，把书拿过来。

"你没有资格拿我们的书；妈妈说你是寄生虫；你没有钱；你

父亲一分钱也没给你留下；你应该去外面当乞丐，而不是在这里，和我们这些绅士的孩子生活在一起，和我们吃一样的饭菜，穿我们的妈妈花钱买的衣服。现在，我要让你知道乱翻我的书架会有什么后果。因为这些书架是我的，这座房子里面的一切全是我的，反正再过几年就会属于我。过去，站到门口，离镜子和窗子远一点。”

我刚开始没想到他要干什么，于是照做了；但后来看到他举起书，站直了做出把它扔过来的姿势，我本能地惊叫着往旁边躲：可惜来不及，那本书飞过来打中我，我倒下了，头重重撞在地板上，裂了一道口子。伤口流着血，特别疼。这时我的恐惧已经过了极点，让位给其他情绪。

“你这个邪恶又残忍的坏蛋！”我说，“你是杀人犯……你是扒皮鬼……你就像那些罗马的暴君！”

我曾读过古德史密斯的《罗马史》，对尼禄、卡利古拉等罗马皇帝有自己的看法。我也曾默默把他和他们进行比较，只不过从未大声说出来。

“反了！反了！”他气愤地嚷道，“竟然这样说我？伊丽莎，乔治安娜，你们听到了吗？我要不要告诉妈妈？但首先……”

他朝我直冲过来，我察觉到他抓住了我的头发和肩膀，心里绝望透顶。我真的把他当成了暴君和杀人犯。我感觉到一两滴血从我的额头流到脖子，以及某种非常强烈的痛楚。当时这些感觉战胜了恐惧，我发疯似的还击。我不是很清楚自己的双手到底做了什么，但他骂我“臭老鼠！臭老鼠！”接着不停哭嚎着。他的帮手就在身边。伊丽莎和乔治安娜立刻跑去找瑞德太太；本来已经上楼的瑞德太太来到现场，后面跟着她的贴身丫鬟阿伯特和贝熙。我们被拉开了；我听见这些话：

“亲爱的！亲爱的！你怎么可以对约翰少爷发这么大的火！”

“有人见过这么激烈的场面吗？”

最后是瑞德太太下了命令：“带她去红房间，把她锁在里面。”四只手立刻搭到我身上，拖着我向楼上走去。

摘自果麦文化，李继宏译《简·爱》

【作者简介】

夏洛蒂·勃朗特（1816—1855），英国著名文学家，与两位妹妹艾米丽·勃朗特、安妮·勃朗特在英国文学史上被称为“勃朗特三姐妹”。

1816年，夏洛蒂出生于英国北部约克郡的一个牧师家庭，因母亲早逝，早早进入社会，曾做过家庭教师，最终投身于文学创作。1847年，夏洛蒂·勃朗特出版了长篇小说《简·爱》，轰动文坛。

一本好书 **剧场**

【角色】

成年简·爱：薛佳凝

罗切斯特：周一围

少女简·爱：陈子铭

瑞德太太：潘艺烁

贝熙：余鹭琦

命运只给她光明的反面，她选择直面反抗

孤儿简·爱从小由舅妈抚养，受尽排挤、侮辱和鄙视。寄人篱下，简·爱一向逆来顺受，忍气吞声，但她骨子里有一颗反抗的种子。

直到一次受欺负，她愤然作色、怒不可遏，于是揭竿而起，最终换来被关在阴森恐怖的红屋子里的惩罚，随后被舅妈送去免费的慈善学校。

在离开舅妈家之前，简·爱将胸中多年积愤一股脑倾泻而出，句句如锋利的刀，刺向舅妈，舅妈被突然而来的怒愤打得措手不及。

简·爱带着反抗的胜利去了慈善学校，这对于一直生活在黑暗之中的简·爱来说，无疑是莫大的欢欣。

简·爱一直生活在没有温暖、没有光明的家里，她内心是多么渴望能有一点点光的照耀。她越是渴望，就越是能够积蓄反抗的力量，在随后的人生中，她每一次面对命运的不公，面对命运强加于她的黑暗，都会坚韧地直面困难。

不管路在哪里，先长出翅膀

在舅妈家，简·爱过着暗无天日、看不到光明的日子，她唯一的慰藉就是书。简·爱不过是个十岁的孩子，但她对一本本书兴趣盎然，如饥似渴。到了慈善学校后，她更是如鱼得水，在学习上倍加努力。

在慈善学校，她认识了同学海伦。简·爱一直不理解，为何海伦无论受到任何苛责和欺负，总是能保持平静而且毫无怨恨。海伦说："我觉得人生苦短，时间用于滋养自己的仇恨、记住别人的过错，实在是太浪费了。"海伦的思想对小小的简·爱产生了很大的影响。她明白了，被仇恨束缚的心，不会得到真正的自由。

另外，极有责任心的坦普老师对简·爱的影响也非常大，一次在寒风中的训导，让小小的简·爱记忆深刻。当时其他老师都陷入沮丧，但坦普告诉学生们，要"像不屈不挠的战士"那样奋勇前进。

简·爱并不知道自己的出路在哪里，其实她的面前，仍是一片黑暗。但她坚信，只要拼命学习，用知识丰富自己，她的内心就会更加强大。

长出翅膀，处处是路。

渴望爱，但不要活得卑微

简·爱真正意义上的第一次飞翔，便是离开慈善学校。那年她18岁，她通过在报纸上刊登求职广告而去了索恩菲尔庄园做家庭教师，从而遇到此生的第一道光明——罗切斯特。

简·爱知道自己与罗切斯特存在差距，但她仍深爱着他，虽然心中也有自卑，但她却没有以卑微的姿态去爱，她喜欢平等的爱。一如她对罗切斯特说的：“你认为我没有钱财、家世寒微、长相普通、身材矮小，所以我没有灵魂没有心是吗？你想错了！我的灵魂和你的一样高贵，我的心和你的一样完满！”

人可以穷，心不能穷。简·爱所渴望的爱，是平等的两情相悦。

可以说，简·爱很理想化，她对爱的执着与追求，源自她多年来养成的一点心气，也是她的自我觉醒。她渴望爱，但不会活得卑微，她懂得自重自爱。这种理想化的爱情追求，是她的信仰。

幸运的是，罗切斯特一开始就喜欢简·爱，他说他爱她，就像爱自己身上的血肉。

每一个选择都不平凡

在爱情里有一条公认的真理，就是当你真爱一个人，爱到只看得见这个人，眼界会变窄，心也会变狭小。但是简·爱却没有爱到丧失理智。

就在罗切斯特要为简·爱戴上戒指的时候，一个石破天惊的消息让简·爱痛不欲生。原来罗切斯特有婚姻，他的妻子，虽然是个疯子，但就被关在庄园的一个房间里。

随后，简·爱做了一个决定——离开罗切斯特，任他怎么解释和挽留都无用。一无所有的简·爱离开庄园后，经历了她人生中最痛苦的日子，甚至几乎饿死街头。

罗切斯特曾提出让简·爱做他的情妇，简·爱对罗切斯特说："越是孤独，越是没有朋友，越是没有帮助，我就越尊重自己。"简·爱珍惜她和罗切斯特的感情，更珍惜那份自尊。

能在热烈地爱着时，勇敢而决绝地选择转身，这不是件容易的事。简·爱再次出发，虽然一路坎坷，受尽磨难，但她不后悔。她有无法逾越的理智，无法违背的原则和底线。她的自尊，是她的底气。

故事的结局是，简·爱回到了庄园，得知罗切斯特的疯妻子放火烧了庄园，自己也烧死了，罗切斯特因意外失去了一条胳膊，眼睛也失明了。最终，简·爱选择留在罗切斯特身边，不离不弃。

平凡的简·爱，每一个选择都那么不平凡，因为她坚信，她的人生该由自己做主，选择怎样走，是自己的权利。人生需要多少次转身，才能遇到幸福，简·爱并不知道，但她知道每一次转身后，她都会遇到更美好的自己。

一本好书 **名家解读**

陈晓楠：简·爱刚一降生，她所处的世界就如此粗糙和坚硬。唯一能够让她退回自己世界里的是书，书让她在舅妈家这样寄人篱下的生活当中，保持了一点儿自己的尊严。

史　航：书就像是她生命中的一个积累，她可以躲在里面，可以抵抗很多东西。

吴伯凡：他们每个人，简·爱也好，罗切斯特先生也好，他们都有一种要通关、要挑战的感觉，这样才能成长。

它是部成长小说，而不是一部爱情小说

陈晓楠：在自己，包括我周围很多女性朋友的成长经历中，《简·爱》这本书是一个很重要的节点。它好像会在某一时刻，突然在你的心里种下一颗种子，或者打开一扇门。

吴伯凡：现在的文艺女青年给它取了另外一个名字，叫“女人的圣经”。我突然想到“简·爱”这个名字在英文里头是很奇怪的，因为它的名和姓都只有一个发音，是非常少见的。有些学者考证后认为，这实际上是类似于《红楼梦》里头经

常玩的那种拆字法，那种哑谜。这两个字实际上是一个词，journey，就是旅程、历程，把它拆开了，journ-ey（e），你看这两个读音就很像“简·爱”。

这本小说可能很多人读的时候，都是把它当成爱情小说，实际上在那个年代，整个欧洲都出现了很多成长小说，或者说叫爱情小说。《简·爱》这本书实际上写了五个阶段，门头府的舅妈家，然后是洛伍德学校、索恩菲尔庄园、沼泽地荒原，最后的地方叫芬丁别墅。这几个字我们如果不看原文的话，你觉得它没有什么特别的，实际上前两个地点，Gateshead，鬼门关，gates，门。第二个阶段，其实是地狱的鬼门关。下一个更糟糕了，就是叫Lowood，如果把这个词拆开的话，就是很低的一片树林，low-wood。先进了地狱门，然后陷到更深的地方，才出狼窝，又进虎穴，这是两个阶段。后来就是Thornfield，thorn就是荆棘地，荆棘地在《圣经》里头有很多含义，还有一部小说叫《荆棘鸟》，它一定是跟苦难有关，跟修炼有关。在这个阶段你会遭受非常大的困难，并且跟火有关。《旧约》里讲到荆棘，讲到摩西看到荆棘丛里头火在燃烧。虽然是烧掉了，但是又会产生一种新生的东西。

陈晓楠：涅槃。

吴伯凡：有点儿像涅槃，因为荆棘鸟它长得非常鲜艳，像火焰一样。按照顺序，前面门头府叫地狱，中间这两个阶段索恩菲尔和荒原叫炼狱，最后芬丁别墅是仙女谷，是天堂。实际上它写的是但丁《神曲》里的三个阶段。所以它是部成长小说，是journey，而不是一部爱情小说。现在很多电影，还有一些话剧，都是把中间的那一段截出来，截成了一部爱情小说。

陈晓楠：您说的journey，其实我感触还挺深的，即便是爱情，其实也跟她之前的人格的塑造，跟她在整个逆境当中成长起来的女性形象是非常有关系的。这本书不仅是讲爱情，更重要的是讲简身上的个性特征，她的那种倔强、刚强，她对平等的追求。

史　航：刚硬的一个女孩，你听她跟舅妈说话的时候，听前两句还可以，越往后听越心惊肉跳。我觉得这本书是挺重要，尤其成长时候的女孩要看，它是成长之书，就像是替你撑起一个空间。《简·爱》在名著中间，是先知性的流行，流行中的先知。

陈晓楠：我们刚才看到的这个改编，也不太像我们之前看到的一些电影、艺术作品的改编，直接就是他们两个的爱情。但其实在书里面，前面的这两个阶段篇幅还是蛮大的。

吴伯凡：非常大，而且它是五个阶段当中非常重要的部分，开头奠定了简·爱整个的性格特点，所有东西都展示出来，她是一个从骨子里头不服别人的女孩，最后却成了一个能够包容别人的人，甚至她能够原谅她的舅妈，原谅那个疯女人，能够到那样一个境界。所以你不能把前两个阶段都给去掉，再讲一个爱情故事。

陈晓楠：前期的逆境对整个人格的塑造，其实是很重要的。

史　航：如果没有前面人格塑造的过程，简·爱最后见到罗切斯特，见到她的真命天子的时候，会是个相对乏味的人。她前面经历的一切才是她遇到真正爱的人的时候，余生可以反复说的，“我的从前”。如果没有从前，真像童话里一样，单纯的小朋友长大后遇到了王子，那就不行。

陈晓楠：简·爱刚一降生下来，她所处的世界就如此粗糙和坚硬。唯一能够让她退回自己世界里的是书，书让她在这样寄人篱下的生活当中，保持了一点儿自己的尊严。

史　航：书就像是她生命中的一个积累，她可以躲在里面，可以抵抗很多东西。

吴伯凡：她生活在一个很大的庄园里，但这里没有一间房子是属于她的。而且红房子这样的地方对她来说像地狱一般，所以她只好退到她自己的另外一个世界。并且她遇到的其实都是一些很刻薄的人，舅妈，还有校长，包括罗切斯特先生，也是很刻薄的人。

陈晓楠：她到这个学校里以后，其实像您说的，又往谷底更深处走了，low-wood，她原本期待在学校里可以学到一些东西，但是结果她又感觉到更大的一番侮辱。

史　航：以前在一个家庭中的时候，你总希望见到更多的同类，会有人喜欢你，而现在这个校长直接说你是说谎精，就等于说在所有人面前给你打了一个叉。校长不可能让全世界人都听见，只是周围这些人，可周围这些人就是我身边所有的人。

陈晓楠：就像我们刚才说的，如果说她的人生是一段旅程的话，她前面两段经历其实是人生中最苦的两段。

史　航：是两次被赶下车的经历。

陈晓楠：在这样的人生旅程当中，究竟会铸造出一个什么样的内心呢？

简·爱不是干果，而是浆果

陈晓楠：简·爱的人生之旅在学校的那一段，里面有个很重要的角色就是海伦，在非常严酷的生活当中，那是一点点的温存，这个角色其实也蛮重要的。

吴伯凡：在每一个阶段都会有恶魔，也有天使，舅妈那个用人贝熙对她挺好的。在洛伍德学校里头，那个老师和海伦都对她挺好的。我记得第一次看《简·爱》的时候，竟然是被海伦这个角色一下子感动到受不了，她是一个纯洁的天使，但就那么死去了。

陈晓楠：海伦是一个很让人心疼的角色。

史　航：海伦还有一个功能很重要，她其实还替这个学校，我们认为很糟糕的地狱学校说了两句公道话，说这个学校虽然各方面都很不人道，虐待学生，不公平，很伪善，但它就像是一个游戏的新手村，就是这么个嘴脸，因为当时的世道就是这样。再一个，至少它让你学到了手艺，法语是门手艺，钢琴也是，绘画、写书信都是，这些手艺起码能让你拎个包出去当家教了，能让你活下去。此刻你虽然要忍受各种精神摧残，但换来了经济独立的能力，没有这个，很多女孩子更无出路，她总不能去当妓女。

以前巴蕾写过一部小独幕剧，叫《十二镑钱的神情》，说一个女人特别讨厌她的贵族老公，但是她离不开他，得靠他养活自己。直到她跟家里的女打字员打听到用 12 镑可以买台打字机，她就开始攒钱，攒够了 12 镑，再看自己老公，表情就跟平时不一样了，带着一种“12 镑”的表情——老娘兜里有 12 镑，下午就出门，已经叫了车，最后跟你聊两句。这块特别爽，一个女人脸上写着“我兜里有 12 镑钱，能去买台打字机，我可以独立”的心情。

陈晓楠：实际上学校里所学到的钢琴、法语、画画等，是让简·爱能够在做家庭教师时带着“12 镑”的心情的。另外我觉得某种程度上，让她在精神世界也是可以和那些富人站在一个平等的基础上的，她在和罗切斯特讲话的时候也体现了这一点。

吴伯凡：小说里头其实暗中是很强调这一点的，包括最后她又去见罗切斯特先生，也是因为她自己已经很有钱了。

史　航：至少有 5000 镑。

吴伯凡：本来是 20000 镑，她把它分出去三份，5000 镑在那个时候已经是很大一笔钱了。她重新出现的时候，已经是以平等的身份站在这个男人面前，所以在小说里头非常强调这种“12 镑”的意识。

陈晓楠：两个人之间的互相过招，还是很有意思的。这两个人境遇差得那么远，他们之间致命的吸引力到底在哪儿呢？

史　航：简·爱几次强调一句话，就是对我温柔、善意会让我不知所措，让我拘束，但要是对我傲慢无礼、粗鲁，我非常自在，因为我回到了主场，我从小遇到的就是这种人，马上就像听到了乡音——对我来说特别深刻的东西。大家互相都不会嫌弃对方粗鲁，像“小姐”“先生”一样端着，反而是一种平等。罗切斯特说十年以前我怀着股怨气跑遍了整个欧洲，但整个欧洲对我都没意义，现在我遇到你。两个人都能锁定对方，就是因为某种相通的气质，因为从前被生活真正欺负过。

吴伯凡：因为在那种环境下，就像一场通关打怪的旅程，他们每个人，简·爱也好，罗切斯特先生也好，他们都有一种要通关、要挑战的感觉，这样才能成长。如果你永远是遇到很温柔很有素养的对手，你是不可能成长的。

史　航：吴老师这里用游戏来比喻，我觉得特别好。为什么？有的游戏是能存档的，有的游戏要一直打到头，不然就要从头再打。像简·爱，她是没有机会存档的，任何人都没有给过她机会，她就必须得一口气打到底，她前面的十几年就是这么打过来的，所以她的战斗性和敏感性与平常人是不一样的。而罗切斯特是可以存档的，他是个贵族，是一个绅士，浪荡了五年回去，现在变成好人重新来过，大家还会欢迎鼓掌。所以这两个人都是游戏玩家，但又完全不一样。当罗切斯特真正认识了简之后，会发现这是个更狠的玩家，没有存过盘，居然能打到现在，走到他面前来。

吴伯凡：所以他们有一种棋逢对手的感觉。

陈晓楠：抛开刚开始交往时那些火花四溅的东西，他们其实是两个很寂寞的人，内心里头都有很柔软的地方。所以他们最终不仅是因为觉得对方很有意思而相互吸引，其实还因为两个人内心都有疲惫或者脆弱，他们突然在对方身上找到了某些倾诉的可能性。

吴伯凡：这两个人的经历其实都是很坎坷的，虽然罗切斯特是贵族，但其实他比很多人遭受的苦难都大，后面才知道他的经历非常坎坷，阁楼上还关着一个疯女人。简·爱就不用说了。所以这样的人，一方面他内心是渴望被安抚，渴望被爱的，另一方面他要在外面包一层很厚的壳，他常常是用一种不服的方式表达自己的爱，越在意，越不服。所以棋逢对手的两个人找到感觉，一定是因为对方身上有刺儿。

史　航：咱们如果把简·爱比作水果，她一定不是干果，而是浆果，但外表是个坚果。我刚才想了半天，山竹差不多是这样。山竹外面有坚硬的壳，打开之后里边是洁白的、柔软的、有汁水的，但你隔着外壳是看不见的。所以你只能感应，如果你也是个山竹，你就能感觉到对方和你一样。

拒绝打折的人生

陈晓楠：简那段最著名的宣言，我想那段话让很多人记忆至深，而且会影响一个人对很多事情的认识。

史　航：对。爱情中需要平等，这个大家都认为是常识。但当面对真正可爱，值得爱，而且你很晚才等到的爱，相见恨晚的爱的时候，还能想得起来平等，还能坚持平等，这才是最重要的。

陈晓楠：到后来，他们虽然相爱了，但是突然发现简·爱这个时候也获知了罗切斯特是结婚的，阁楼上藏着他的疯妻子。在这种情况下，她选择了离开。我们如何看待这样一个非常戏剧性的转折？

吴伯凡：还是得从索恩菲尔这个地名说起。thorn 是荆棘，就是刺儿，首先这两个人身上都有很多的刺儿。用叔本华的话说，两只感到寒冷的刺猬，它们是需要互相靠近的，但是一定要保持一个距离，要不然你渴望温暖的时候，就会刺痛对方。他们两人内心里头都渴望温暖，但是身上都带着刺儿，这是一个。第二个，只要是荆棘，它都是要着火的。它跟我们东方说的凤凰涅槃是相似的，必须要经过一场血与火的洗礼，你才可能重生。所以在索恩菲尔，带刺的两个人的相遇，最终浴火重生。

简·爱从小是在一个很严酷的环境里头长大，但是她又有一种倔强的性格。而且在某种程度上，环境越严酷，她就越倔强，这是她生存的一种技能。而罗切斯特从一开始就是居高临下的，他不愿意让人看到他软弱、卑微、痛苦的那一面，所以他们两个人都要把自己装得非常强大。但爱就是很有意思的，在书里我曾经读到，所谓的平等在爱里头是不存在的。泰戈尔那首长诗，他就是把爱者的心态表达出来，那是一种心甘情愿的服从、放弃，我是你的奴隶，我是你的仆人，他认为只有这样才是真正的爱。如果追求平等，至少说明你的爱没有足够强大，还没有泯灭你的这种平等意识，所以他们在这场爱的游戏当中，始终是想示弱，想服从对方。前面简·爱还没有强大到有勇气说“我的主人”，在小说的后面，她把他称为“my lord”，罗切斯特也是，在内心里头彻底地服了。真正的爱是相互驯服，而不是相互较劲，但是在索恩菲尔这个地方，它就是炼狱，还没有炼成，在这里，我们看到了爱情和人格寻求平衡的一个中间阶段。

史　航：所以到真正平等的时候，爱到深处时，平等变成了什么？融化的平等。我们知道结尾的时候，罗切斯特双目失明，而简照顾他的时候说，我非常高兴，他支持我做各种事情的时候，没有那种令人害羞的感激或令人扫兴的屈辱。

陈晓楠：不是两军对垒，永远在博弈，那你们的爱永远不可能交融，最后他们真的像水一样。但是在此之前，简·爱发现他有一个疯妻子藏在阁楼里的时候，为什么一定要选择离开？

史　航：因为那个疯妻子，她是个活生生的人，我们可以这么想，如果她也是一个在孤儿院长大的穷孩子，如果她是早来几天的一个家庭教师，如果她是简·爱，她是另外一个简·爱，如果她是你自己，你能绕过你自己吗？所以每一个生命，我们都是没办法从他身边绕行，视若无睹的。

吴伯凡：在小说里头，当时简·爱是犹豫的，她也想留下来。但是马上就想到她的使命，这个使命是她从小受的教育告诉她的——人应该要拒绝魔鬼的试探。现在，她的使命就是离开，留在这个地方是一种罪恶，她不能够放弃她的信仰、她的信念，所以她就毅然地出走。

陈晓楠：她是不是也有一种强大的尊严感，觉得如果她不走的话，不管怎么说，不管是不是相爱，那她现在的身份就是罗切斯特的一个情人，跟其他的那些女性没有什么区别。

吴伯凡：我们在电影里看到那一段经典台词，罗切斯特说“你留下来，我不在乎”，但简·爱说“我在乎”。

陈晓楠：她的这种倔强、敏感、对平等的追求，有的时候会跟环境有些格格不入，是不是每个人在看这本书的时候，其实也会映照到自己？

史　航：第一，我被这个世界成天打折扣。第二，未来我的爱一丝折扣都不能有。

吴伯凡：拒绝打折的人生，这是《简·爱》教给大家的。

陈晓楠：用不服表达爱，拒绝打折的人生。品读完《简·爱》，我觉得很酣畅，因为感觉又回到了自己的青春时代，重新走了一遍自己在那个时期的心路历程。

关正文：如果没有了爱情

《简·爱》是全球公认的名著，有着众多影视改编的版本，普及度极高。但影视改编，特别是电影改编，大多是从简·爱遇到罗切斯特开始的。随着下人的一声通报："这就是简·爱，从洛伍德修道院来的。"然后一个关于爱情的故事开场。但其实，这个场景出现时，原著情节早就发展过去了一半，大众传播只选择了最具戏剧观赏性的爱情。这就是我们再次改编呈现的原因，我们希望观众能看到这部书的前半部分，或者，看到如果没有爱情，这个故事，这个人物，还有什么价值。

但真正投入改编的时候，感受到更多的是一种深陷悖论的绝望，这种绝望是非常新鲜的。吴伯凡老师是研究哲学的，他从《圣经》的角度，给出了原著关键词根的解释，有关简·爱的书写，就是一个宗教般的人生修炼的故事，一个从苦难到解脱的故事。

这是作者的原意。但不知道为什么，我却总是盯着苦难的成因和解脱的条件，并且被书中不经意的提示，带到了另一个维度，看到了作者及人物的另一个潜在的世界：这是一个有关财富和金钱的内心故事。所有的苦难都来自贫穷，而所有的幸福都与摆脱了贫穷有关。

简·爱是带有作家夏洛蒂·勃朗特自身经历的影子的。勃朗特三姊妹都很优秀，但又都很不幸。她们有一个毕业于剑桥大学的牧师父亲，给这个家庭带来了高贵梦想和困窘现实的虚幻落差。作品设定的场景与现实不同的是，作者给简·爱设定的出身，已经融入了高贵的血统：简·爱的母亲，是一位贵族出身的女性，但是因为爱上了有前途的穷小子，心甘情愿地过上了苦日子。本来这个苦日子可能只是暂时的，因为母亲是贵族，父亲又非常优秀，具备享有远大前程的所有素质。

但作者却用父母的双双死亡，把这个爱情励志故事给终结了。因为如果故事发展下去，这一家人早晚会过上风平浪静的高贵生活。但作者一家的经历并非如此。在书中，父母双亡使原本可能高贵的简·爱成了孤儿，并且陷入了真正的贫穷，但她却有一颗贵族的心。这是简·爱面对世界的心态起点。正巧，她还有一个富裕的舅妈，舅妈拥有一整个庄园，可以让她像灰姑娘一样，以赤贫之身生活在贵族之家。

所以，这个贫寒作者写下的人生励志故事，变成了一个重回高贵的故事。

没人会喜欢简·爱那位刻薄的瑞德舅妈，但这个人物也是作者有意的设定，因为就连身为贵族的舅舅，也被作者给写死了，这就彻底斩断了富裕的生活环境与简·爱之间最后的血缘联系。舅妈与简·爱只是社会关系上的亲戚，作为一个有着三个孩子的母亲，她因为一个承诺所带来的义务，一直在抚养或者说容留着简·爱。尽管对简·爱未能视如己出，但要求一个母亲对不相干的孩子像对待自己的孩子一样，这一高尚的道德标准，其实是超越了对常人的普遍要求的。现实生活中很少有人能做到。

舅妈嘴上的刻薄，烦躁的排斥，与简·爱所形成的冲突是非常日常化的。但我们更应该看到，即使是在被关到了惩罚性的红房间，简·爱幼小的心灵充满了仇恨的时候，她也没有选择离开。作者在原著中为简·爱所写的一段独白，被我们的改编在节目中引述："那时候，我没有一天不幻想着逃走，我也该是有些穷亲戚的。但是贫穷，所有成年人说起贫穷，都是破烂的衣服、匮乏的食物、粗暴的举止、卑微的品行，这对一个孩子来讲太可怕了。不，我不愿意做一个穷人。我没有足够的英雄气概，用降低身份去换取自由。虽然这个房子不是我的家，但好在这里还有书，我可以躲在另一个世界里。"书，只是一个避风的码头。作者是诚实的，简·爱不愿意离开，最根本的原因，是对贫穷生活的厌恶和惧怕。

"降低身份"这四个字，是不是让你有点意外？夏洛蒂·勃朗特在心理上始终是一个贵族，尽管她在贫困中度过了一生。

今天这本书的绝大部分读者，并不是生活在庄园豪宅之中。我建议你不要把这个故事当作欧洲特定阶段的生活史来读，尽管贵族这个词今天不大使用了，但就在你的周围，别墅豪宅与逼仄地下室里的生活，还是有天壤之别的。简·爱的独白，换作刻薄的翻译，就是"我宁可在宝马车里哭，也不愿在自行车后座上笑"。这个转译并没有任何贬义。事实证明，她后来的生活轨迹，并没有违背任何高尚的原则。所以，如果你只看这部书的后半段，你其实是不了解简·爱，也找不到她在后来的恋爱中所有表现的心理支撑的。

因为与舅妈的孩子打架，简·爱失去了庄园生活，被送到了慈善学校。这回是赤贫之身来到赤贫之地，这里完全符合简·爱对贫穷世界的想象，所有一切都与“高贵”形成对比和反差。作者的真实经历是，她的姐妹的确被送到了为贫穷牧师的女儿们专门开设的学校。这种学校里当然不会出现来自贵族庄园的孩子，哪怕是被不公平的命运甩出来的孩子。如果你幻想着高贵的生活，那么你只能跟这个缺少衣服和食物，充斥着粗暴举止和卑微品行的地方格格不入。

尽管进入牧师子女学校是作者姐妹真实命运中原本注定的、相对较好的安排，但在故事里却完全不同。不但牧师女儿的专门学校变成了收留孤儿的慈善学校，而且简·爱是从贵族庄园来的，跟一般孤儿完全不同。所以变态校长对简·爱做的第一件事，就是让这个自以为高贵的另类在道义上变成低贱的另类，一个不知道感恩的说谎精。

说谎，在故事中是瑞德舅妈强加给简·爱的定义。我们可以把这个突如其来的说法，理解成瑞德舅妈对自己道德形象的保护，以免赫斯特校长相信了简·爱对她卑劣人品的揭露。但赫斯特校长显然没有义务在全校师生中维护这位舅妈的形象，他给简·爱挂上的“说谎精”的牌子，更像是作者为简·爱在这个“品行卑微”的环境中设定的一个符号，让她所有有关高贵生活的记忆，在粗鄙的生活中失去被信任的真实意义。

这个地狱一般的学校，对简·爱来讲，是社会让她接受现实的改造之地，但对更多来自贫困家庭的孩子来说，则是她们唯一的，甚至是幸运的机会之地——只要能活着离开。无家可归的女孩们可以在这里学习法语、宗教、音乐和绘画，这些技能对于成为一名女工毫无用处，却是她们可以服务于贵族世界的专项技能，尽管这并不能让她们真的成为贵族。

简·爱在学校的心路历程，是通过她和唯一的朋友海伦的几次对话呈现的。海伦代表着接受现实的一面："在学校还可以学东西。离开学校，你还有别的地方可去吗？对你注定了必须要忍的事儿，你老是说受不了、受不了，那才是又丢人又愚蠢的。"而简·爱，则代表着作者内心永远的不甘。

在经历了短暂的反抗之后，简·爱成了这所学校的优秀学生并且留校任教，这似乎意味着她对卑微环境的适应和对底层命运的接纳。但如果真是这样，那就不是简·爱了。15年后，当简·爱真的拥有了罗切斯特，拥有了庄园和财富，她给海伦重新制作了墓碑，上面写了两个字：复活。

这其实是简·爱借着海伦，向世界发布的宣言。

简·爱与罗切斯特的爱情，是很多观众都熟悉的。但影视观众不是图书原著的读者，观众看到的只是一个独立自主，要求性别平等、贵贱平权的女性。读者在书中看到的简·爱，是一个在内心里从未放弃过以高贵身份自诩的女性，这当然也包括了她所说的"精神"。

在明确地感觉到罗切斯特爱上了自己之后，她是不敢相信的。“你认为我能够留下来，变成一个对你无关紧要的人吗？你认为我是一个自己会动的工具吗？是一台没有感情的机器吗？我能忍受嘴上充饥的面包被夺走、杯里活命的水被泼掉吗？你认为我没有钱财、家世寒微、长相普通、身材矮小，所以我没有灵魂没有心是吗？你想错了！我的灵魂和你的一样高贵，我的心和你的一样完满！如果神曾经赐给我一点美貌和许多财富，我早已让你无法离开我，就像我现在无法离开你一样。现在我跟你说话，并不借助什么习俗传统，甚至也不借助肉身。现在是我的灵魂直接和你的灵魂对话，就当我俩已经死了，站在神的跟前，平等地站着——因为我们确实是平等的！”

这段独白的后半段，是全世界很多读者可以背诵的金句。但是，请注意它前半段的几个关键词：她拒绝的是“无关紧要”，惧怕的是得而复失，担心的是自己不够漂亮无法维持爱情的长久。所以，如果罗切斯特只是在表达爱，她就会逃避。当罗切斯特给了她婚姻承诺的时候，这一切就不再是问题。但是当婚姻程序触礁，哪怕是因为所有人都同情和理解的原因，她也会拒绝、会离开。

这当然不是奋不顾身的爱情。

这个故事到此走进了一条死胡同。特定时代的底层女性，如果不是靠婚姻，几乎没有什么途径可以改变命运。这也包括了勃朗特姐妹，即使轰动性作品的出版在一定程度上改善了她们的生活，依然无法让她们摆脱贫病交加的命运。

但简·爱的故事还要继续，作者的梦想要在虚构的故事中实现圆满。如果不看原著，你就不知道：简·爱真正实现了梦想，是因为她意外地继承了远在天边的冒险家叔父的一笔巨大的遗产，成了一个富有的人。拥有意外的财富，成了作者实现梦想的唯一方案。

命运的改变，跟她个人的奋斗并没有什么关系。

人物没有行动，问题却迎刃而解。这不是创作水平高低的问题。只是因为这个问题在现实中无解，而作者又是一个诚实的人。

作为有钱人，简·爱回到了临终的瑞德舅妈身边，目睹了这个富贵之家的破败，那些曾经高贵的人，像所有坠入贫穷的人一样举止粗鄙、品行卑微。这时候的简·爱是高贵而宽和的，但作者描写坠入贫困的家庭所用的笔触是刻薄的，似乎恶人命运活该如此。

简·爱回到了罗切斯特身边。她这次的回归，真的是因为爱情，因为在作者的故事设定中，她回来前并不知道情况已经发生了变化。这个变化，是作者为灰姑娘在逆袭后拥有高尚道德的有意安排：一场大火清除了婚姻的障碍，曾经的华丽宅邸变成了断壁残垣，骄傲的罗切斯特也成了双目失明的弱者。这回，两个人之间是真的平等了。实际上，简·爱甚至拥有了俯视这一切的优越感，充满同情地接受了罗切斯特和他一望无际的庄园。

简·爱，终于复活。

这个故事告诉我们，只有财富才能解决财富的不公，脱离苦海不仅需要梦想，也需要钱。在这一点上，作者是诚实的。

一本好书

第三本书 × 悲惨世界

我在世上不是为了守着我的生命，
而是为了守着世人的灵魂。

《悲惨世界》是法国著名作家、世界浪漫主义文学代表者维克多·雨果最著名的“命运三部曲”之一，被誉为“人类苦难的百科全书”“人性向善的精神史诗”。

本书通过对让·瓦让等人的悲惨遭遇以及让·瓦让被比安维尼主教感化后留下的一系列感人事迹，向人们展示了一幅自1789年法国大革命到1832年巴黎人民起义期间法国近代社会生活和政治生活的辉煌画卷，深刻揭露和批判了19世纪法国封建专制社会的腐朽本质及其罪恶现象，对穷苦人民在封建重压下所遭受的剥削欺诈和残酷迫害表达了悲悯和同情。

小说集中反映了雨果的人道主义思想，饱含了雨果对于人类苦难命运的关心和坚定不移的信念，具有震撼人心的艺术感染力，是世界文学史上现实主义与浪漫主义相结合的典范。

一本好书 精彩书摘

翌日，比安维尼大人迎着初升的太阳，在园子里散步。马格卢瓦太太慌里慌张地向他跑来。“大人，大人，”她喊道，“大人知道银餐具的篮子到哪里去了吗？”“知道呀。”主教说。“谢天谢地！”她说。“我还以为丢了。”主教刚在一个花坛上捡到了篮子。他把它交给马格卢瓦太太。“喏！”“怎么？”她说，“空的！银餐具呢？”“啊！”主教又说，“原来您问的是银餐具？我不知道它们在哪里。”“仁慈的上帝！被人偷走了！是昨晚的那个人偷的。”

说完，她用一个惊慌的老人可能有的敏捷，一转眼跑到祈祷室，跑进凹室，又跑了回来。主教已弯下腰，心疼地察看一棵辣根菜，那篮子掉到花坛上时，把它压断了。听到马格卢瓦太太大叫大嚷，他又站了起来。

“大人，那人走了！银餐具偷走了！”

她叫嚷着，视线落到园子的一个角上，那里有越墙的痕迹。墙头的人字架拉掉了。

“瞧！他是从那里跑掉的。他翻过墙到了科什菲莱街！啊！真该死！他偷走了我们的银餐具！”

主教没有吭气，过了一会儿，他抬起严肃的眼睛，和颜悦色地对马格卢瓦太太说：

“首先，这银餐具是我们的吗？”

马格卢瓦太太瞠目结舌。又是一阵沉默，接着，主教继续说：

“马格卢瓦太太，这银餐具我长期占有，这是不对的。它们属于穷人。那人是谁？显然是穷人。”

“耶稣！”马格卢瓦太太当即反驳，“又不是为了我和小姐。我们无所谓。是为了大人。现在大人用什么吃饭呢？”

主教惊讶地瞧着她。

“这有什么？不是还有锡餐具吗？”

马格卢瓦太太耸了耸肩。

“锡有股臭味。”

“那就用铁的。”

马格卢瓦太太做了一个意味深长的鬼脸。

“铁有股怪味。”

“那好，”主教说，“就用木头的。”

过了一会儿，主教在让·瓦让昨夜吃饭的桌子上用早餐。他妹妹一言不发，马格卢瓦太太低声嘀咕，比安维尼大人边吃，边乐呵呵地对她们说，面包蘸牛奶，连木勺和木叉都用不着。

“不知是怎么想的！”马格卢瓦太太一边来回忙着，一边喃喃自语，“招待这样一个人！还让他睡在自己身旁！幸亏只偷了些东西！啊，上帝！想起来都后怕！”

兄妹二人正要离开餐桌，突然听到有人敲门。

“请进。”主教说。

门打开了。一群奇怪而粗暴的人出现在门口。其中三个人揪着第四个人的衣领。那三个人是宪兵，另一个是让·瓦让。

门外还有个宪兵班长，可能是带队的。他进了屋，走到主教跟前，行了个军礼。

“主教大人……”他说。

让·瓦让神情忧郁，显得垂头丧气，一听到这个称呼，大吃一惊，便抬起头。

“主教大人？”他喃喃地说，“这么说，他不是本堂神甫……”

“不准说话！”一个宪兵说，“这是主教大人。”

这时，比安维尼大人以他这样岁数的人可能有的最快速度，赶紧迎上去。

“啊！是您！”他看着让·瓦让，大声说。“看到您很高兴。怎么！那对烛台我不是也送给您了吗，也是银的，可以卖二百法郎哪。您怎么没同餐具一起拿走？”

让·瓦让张大眼睛，看着年高德劭的主教，那神情是任何人类语言都难以描绘的。

“主教大人，”宪兵班长说，“这人说的是实话吗？我们遇到了他。他就像在逃跑似的。我们拦住他检查了。发现了这套银餐具……”

主教微笑着打断他说：

“他没给你们说，这是一个神甫老头送给他的吗？他还在他家里过了一夜。我明白是怎么回事。你们把他带回来了？这是个误会。”

“既然这样，”班长又说，“我们可以放他走了吧？”

“当然。”主教回答。

宪兵们放了让·瓦让，可他却往后退。

“真的放我走了吗？”他说，声音含糊不清，仿佛在说梦话。

“是的，放你走了，你没听见？”一个宪兵说。

“我的朋友，”主教又说，“走之前，别忘了您的烛台。拿上吧。”

他走到壁炉跟前，拿起那对银烛台，交给让·瓦让。那两个妇人看着他，不说一句话，不做一个手势，也不用眼色打扰主教。

让·瓦让浑身颤抖。他神态迷惘，机械地接过那对银烛台。

“现在，您放心走吧。”主教说，“对了，朋友，以后再来时，不必从园子里进来。您随时可以从街上的那个门进出。它白天黑夜都只用碰锁关着。”

他又转身对宪兵们说：

“诸位也可以走了。”

宪兵们走远了。

让·瓦让好像要昏过去了。

主教走到他跟前，低声对他说：

“您答应过我，您要用这钱使自己变成一个诚实的人，可不要忘了啊，千万不要忘了啊。”

让·瓦让想不起来有过什么承诺，一下愣住了。主教说这些话时，加重了语气。接着，他又郑重地说：

“让·瓦让，我的兄弟，从今后，您不再属于恶，而是属于善了。我是在赎您的灵魂，我把它从阴暗而堕落的思想里赎回来，交还给上帝。”

摘自译林出版社，潘丽珍译《悲惨世界》

【作者简介】

维克多·雨果（1802—1885），法国作家，19世纪前期浪漫主义文学的代表作家，人道主义的代表人物，法国文学史上卓越的资产阶级民主作家，被人们称为“法兰西的莎士比亚”。一生写过多部诗歌、小说、剧本，各种散文和文艺评论及政论文章，在法国及世界有着广泛的影响力。

其代表作有长篇小说《巴黎圣母院》《九三年》和《悲惨世界》，短篇小说有《“诺曼底”号遇难记》等。

他的许多作品以强烈的抒情和丰富的想象见长，善于巧妙地结合现实主义与浪漫主义，情节生动、结构离奇、感情澎湃、气势磅礴，震慑人心。他的作品在非凡的形象和实践中再现典型的性格和现实社会现象的历史实质，从本质上反映现实，反映作者的进步思想。

在文学界和艺术界的所有伟人中，雨果是唯一活在法兰西人民心中的伟人。

——法国作家罗曼·罗兰

【角色】

让·瓦让／马德兰市长／尚·马蒂厄：王劲松

雅韦尔：曹卫宇

芳蒂娜：尤靖茹

拉巴尔：梁栋才

灵魂刻满苦难的花纹

在《悲惨世界》里，雨果以浓墨重彩的一笔，极细腻地描绘了西欧工业革命时期底层人民的生活状态，以饱含深情与悲悯的笔墨，刻画出一个充满苦难的血泪世界。这部伟大的作品，讲了爱与恨、善与恶、恩典与救赎，紧紧围绕一个主题，即“苦难”。

命途多舛的主角让·瓦让，全身心都烙满了坐牢、苦役和颠沛流离的痛苦印记。仅仅因为给饥饿的孩子偷面包，便被判入狱五年，后因无法忍受而越狱导致刑期加至十九年。得到保释出狱后，他只有一张黄色通行证，上面印着他被监禁服苦役的证明。这个证明是无形的脚镣，更是苦难的烙印……

本来有着一头美丽金发和洁白牙齿的芳蒂娜，是那么纯真，却因为受现实的黑暗“玷污”而走投无路，开始卖首饰、长发、牙齿，甚至肉体，一个原本年轻美丽的少女，最终形容枯槁，病入膏肓，苟延残喘，还饱受社会的歧视……

不论是让·瓦让还是芳蒂娜，他们身上所背负的苦难，是一个时代的烙印，是那个时代将无情的奴役用滚烫的烙铁，烙在了人的额头上，烙在了肌肤里，烙在了灵魂深处。但他们在那暗无天日的时代里不屈地抗争着，他们卑微的一生，也是那个时代最伟大的英雄的一生。烙在身体里、灵魂里的苦难，是他们不朽的花纹、英雄的花纹。

敢于惊世是存在的力量

让·瓦让从牢房里走了出来，已46岁，他又一脚踏进了另一个更巨大、更牢固、更无情的“牢房”之中。

在雨果的笔下，让·瓦让是个有血有肉的人。在重新获得所谓的“自由”之后，仇恨也随着苦难的烙印一起深深地烙在让·瓦让的脸上。

但是不管这牢房是有形的还是无形的，让·瓦让都没有放弃抗争，更没有迷失自己的灵魂。四次越狱，虽然加重了他的刑期，但不反抗便不是让·瓦让；偷主教的银器时，虽然他恶习未改，但“偷”仍是因他遵从内心的反叛，不反叛便不是让·瓦让；还有他帮助女工芳蒂娜，抚养成为孤儿的珂赛特，以及救马里尤斯，宽容穷追不舍的警察雅韦尔，到最后参加巴黎人民起义……

让·瓦让的一生，就是一部传奇，虽然这部传奇以苦难为基调，但是他敢于惊世骇俗，一边反抗，一边自我救赎。虽一生苦难，亦一生惊世。

与良心搏斗过无数回合

从一块面包引发的牢狱之灾开始，让·瓦让的一生，虽是苦难的一生，但也是与良心搏斗的一生，人性的光辉经过挣扎与磨炼后才灿灿绽放。

比如第一次搏斗，是在他偷了比安维尼主教的银器被警察捉到时，比安维尼主教却声称银器并不是让·瓦让所偷，而是自己送给他的，并且连银烛台也一同赠给了他。让·瓦让被善良的比安维尼主教感化了。

比如，他在制造黑玻璃小工艺品上有所发明而起家，最终成了一个成功的商人，且做了大量善举，深受爱戴并当上了市长时，有一个被误认为是让·瓦让的老人被捕，这时已改名换姓的让·瓦让陷入了与良心激烈的搏斗之中。最终良心胜利，让·瓦让走进法庭救下了无辜的老人。

雨果说让·瓦让“与良心搏斗过无数回合，可是每次都是良心扼住了他的喉咙”。这样的搏斗，是自己跟自己战斗，既悲壮又高尚。

善的力量是一个人内心的救赎

《悲惨世界》是一部史诗级的大作品，苦难的心在大时代的黑暗里经过洗礼，善的力量绽放出人性的光辉。我们看到让·瓦让在充满黑暗、仇恨与罪恶的世界里，一步一步走来，像一道明亮的光，那是善的力量穿透层层苦难照射而来。让·瓦让的一生，苦难贯穿其中，善也贯穿其中，他以善完成了自我救赎，故事的结尾，让·瓦让用生命树立起了人们心中属于善良的丰碑。

哪一种人生，没有苦难呢？哪一个时代，没有苦难呢？但一份善念可以抚平伤痛，可以创造美好，可以传递爱。善的力量，支撑起一个人的灵魂，支撑起一个时代的精神！

名家解读

陈晓楠：《悲惨世界》不断地站在人性善恶的两边来挑战我们，扎得非常非常深，极尽复杂。人们说它是始于苦难、终于救赎的一本书。

史　航：雨果的厉害之处就在于，无论是远方的很多人，还是尚·马蒂厄、芳蒂娜，每个人都是个刑具，砝码挂在你身上，秤砣吊在你脖子上。

许子东：只有这一出戏，多少年来，讲阶级斗争，讲底层的苦难，就是在一片歌舞升平的后现代资本主义社会里，这就是一个时代的声音。

你给我一束光，不见得我就活在光里

陈晓楠：我估计会有很多人把《悲惨世界》排在人类历史上必读的经典之书前几位吧，它气势如此之恢宏，如同史诗一般，有近百个人物，百万字，据说雨果为这本书构思了大概有 40 年的时间。对于这本书的分量，我们应该怎么去形容它？

史　航：我上小学那会儿，刚能看书的时候，我爸给我拿来了《悲惨世界》，是五卷本的第一卷，我觉得这个好，就从比安维尼主教开始往下看，所以对我来说，这本书就是我出门遇到的第一条道路吧，这条道路可能现在还对我有影响。

许子东：我就在想，我有没有碰到这么一个主教，我有没有曾经对一个人做了一件不好的事情，人家没有惩罚我，反而再送一个烛台给我。我后来想，有啊，就是雨果给我们的这本书。

陈晓楠：当时读这本书，也是给了我未曾有过的体验，就是它拧开了我的某一个认知世界的开关。

史　航：我觉得雨果写得好，你要偷的是餐具，最后送你的是烛台；你要偷的是烛台，就会送你套餐具。因为最后让这个苦役犯临终前看着的还是烛台，他说，“我不知道赠我烛台的那个人在天上对我是否满意”，这个烛台归结得特别好，是一个象征。我作为编剧特别佩服他的一点是什么，有人送他烛台，他被感动了，然而那个人送完他烛台，他出来之后就变成好人了吗？没有，他还抢了孩子一块钱，这就是对人性的阐述。这说明什么？你给我一束光，不见得我就活在光里，我还有野蛮的一面，因为这世界欺负了我 19 年，我还得再野一下。如果刚才那样之后就去做个好人，很多人都能写得出来，重要的是有人那么对我好，我还是没做上好人，后来我及时发现这个债要用余生去还。所以让苦役犯有歉疚感的不仅有别人对他的恩德，也有他自己面对恩德的时候，依然不能及时皈依的逆反，我觉得这是雨果写得好的地方。

陈晓楠：我觉得这本书，它不断地站在人性善恶的两边来挑战我们，你刚觉得你是这样认为的，它其实又转回到那边，所以它就是不断地向下，扎得非常深，极尽复杂。人们说它是始于苦难、终于救赎的一本书。咱们可以讲讲它的历史背景，为什么那个时候社会如此之破败，使让·瓦让作为一个劳动者，沦落到偷面包的地步，后面也写到了非常多，各种各样人的苦难，那时的时代背景是什么样的？

史 航：法国大革命结束之后，统治重新稳固了，阶层重新固化了，新贵阶层和王权阶层联合起来要把握住自己的好运气、好位置，底下的人如果想动一下，哪怕只动一块面包，那就是判你 19 年。而且他这个写得让我当时特别难忘——加刑。当你一次又一次反抗，一次又一次努力的时候，他要一次又一次压垮你。雅韦尔在采石场的时候就是管让·瓦让的人，中间有一个苦役犯落水了，让·瓦让他本身脚上有镣铐，拴在石头上，他迅速把这个镣铐砸断了，去救人。救完人，雅韦尔怎么说的？他说你是要越狱啊，你的镣铐一砸就断，你早准备好了，加刑。所以让·瓦让在监狱受的是这种待遇，这个世界是这么一步一步像打地鼠一样，把他一次次打到窟窿里去，所以他出来必须是青面獠牙。雨果也知道，后来好多人会说它过时。雨果就把话放在这儿，那个电影译制片当年有这句话——只要这世上还存在愚昧和贫困，那么像本书以及类似的作品不会是没有用的。因为还有穷人，须知世上苦人多，所以说这个世界如果早已是个好世界，那么当然用不着这本笨书，就是这样。

陈晓楠：这本书其实除了对苦难的控诉以外，对于什么是善，什么是恶，提供了非常多的讨论。

许子东：而且它非常神奇，你知道今天世界上主流的流行文艺都是做梦的梦工厂，你看看那些音乐剧、芭蕾，《天鹅湖》，还有天子、帝王将相、才子佳人对不对？只有这一出戏，多少年来，讲阶级斗争，讲底层的苦难，就是在一片歌舞升平的后现代资本主义社会里，这就是一个时代的声音。

陈晓楠：这本书里面有更多的有关人性的善恶、对错、诚信与变通、秩序、法律，等等，其实有对人类非常重要的、非常深刻的考量。让·瓦让，能不能摆脱罪人的魔咒，他的命运会怎么样？

为了这个世界，我不能给你们讲全部的真话

陈晓楠：在雨果笔下，情节很像是能够打开又折拢的一把扇子，现在一下子又把我们带到了另一个时空，让·瓦让化身马德兰，他已经是一个行善的人，这个变化是怎么发生的？

史　航：首先在监狱里，他学会了制造假宝石的技术，然后他发财，我觉得这个是所有的发财手段中雨果给让·瓦让安排得最合适的，没有任何良心歉疚，又可以专心行善，但这一切其实都是雨果给让·瓦让的一个刑罚。你的手就担着这整个一单买卖，一撒手，一地稀碎，全摔了。这时候告诉你另外一种可能，有人在因为你受苦。这就让人想到一个辩题，应该去救这一个人，还是接着救那千万人，这个道德的天平是雨果

真正的主战场。雨果、托尔斯泰这种终生纠结的巨人，他们在主战场上把自己整得血肉模糊，就是我不知道怎么办好？他们其实找不到答案，但情节还在滚动，我觉得这一刻，是《悲惨世界》最隆重的一刻，就像是主教给他烛台之后，这真是又一次站在十字路口了。

许子东：这个选择本身就没有对错，你会怎么办？

陈晓楠：就是说救一个人的价值和救很多人的价值，这两个价值可不可以放在一个天平上来衡量，这又是一个更深的话题。

史　航：其实原著小说中，让·瓦让一直到了法庭都没有下定决心。

陈晓楠：它是在多层次地挑战我们关于是非对错的价值观。

史　航：所以我们才特别需要雅韦尔这样的角色，因为他的人生每一步都是迷惑的。你怎么越狱的？我迷惑。你怎么成为一个有钱人市长的？我迷惑。甚至到更远的将来，你为什么不杀死我，放我一马，而去救别人？雅韦尔永远是迷惑的，所以雅韦尔最后面对让·瓦让时，让·瓦让就说我看你是永远不会明白的，就像老师看笨学生一样。

陈晓楠：雅韦尔就崩溃了。

史　航：你知道雅韦尔最后放走让·瓦让，又放走苦役犯，他觉得自己徇私枉法，决定惩罚自己——自杀。他戴上手铐，跳到塞纳河里。戴上手铐之前他干了一件什么事？他写了一份遗书。雅韦尔的遗书是分一二三四条的，某某监狱苦役犯在进监狱等待搜身的时候，光脚站在石板上的时间很漫长，增加了感冒咳嗽的可能，增加了医药的开支，建议这个要避免；

某某监狱的食堂，栅栏不够完善，形同虚设，犯人可以摸到女炊事员的手，这个要改正；还有我们跟踪人的制度，要准确地建立两个人轮班的制度，要不然会被人发现。就一条一条全是这些个。

许子东：我明白了，雅韦尔是个好干部。

史　航：他是一个机器人好干部，优等程序。

陈晓楠：我觉得雅韦尔这个人物特别有意思，他永远是在和让·瓦让的猫鼠游戏当中掀起一波一波的波澜，而且他们对善恶的理解，正好是相互映照的。我们可以分析分析，他的父亲是个罪犯，他是在监狱长大的，他为什么会成为一个像法律机器一样的人？

史　航：他就像一个婴儿憎恨子宫一样，因为他觉得他一直淹没在一片黑暗当中，他侥幸成为人上人，他最憎恨的一定是与他同阶层的人。

许子东：雅韦尔是一个好干部，他忠实于自己，忠实于他的职责，在这一点上他比让·瓦让还要好，让·瓦让做市长的时候有一套心思，他有双重身份，有劳动人民反抗者的一面，但他同时又遵守市长的规则。让·瓦让很矛盾，某种程度上他心里还尊重这套法律，这跟雨果一生的矛盾很有关系，雨果早期是保守派，后来才流亡。但是这本书里我最最想不明白，到现在还是没有结论的，就是刚才停下来的地方。

陈晓楠：就是到底要不要去法庭上，一个人的生命和一百个人的生命，这个价值到底可不可以比。

许子东：没办法用这一个人跟一百个来比。那一百个人跟他的关系是一个间接的关系，这一个人是用着他的名字，因为他而受难。

陈晓楠：而且它还有正义在里面。

许子东：你很容易以你伟大的职责来解释你犯的罪，说我有更大的使命，然后我要做一件什么事情。

史　航：除了对正义的一种向往，还有一种洁癖，太方便替自己找借口的一件事情，就特别不能去做。因为这个城市确实就是他的借口，他想不去太容易了。

陈晓楠：所以我觉得，我们其实就是一次一次地跟着雨果把自己代入进去拷问。

许子东：我们肯定会想折中的方法，我不去认，但是我想办法救这个人，对不对？你运用你市长所有的权力，你去疏通关系，去给这个人换一个别的刑罚，诸如此类。你为了尽你的使命，不能做到完全面对自己的灵魂，完全面对自己的良心，就像鲁迅说的，为了这个世界，我不能给你们讲全部的真话。

陈晓楠：这个中间地带好难找。

史　航：我们再想想芳蒂娜这件事，让·瓦让面对死去的芳蒂娜时，其实他也会想，如果我不维持这个工厂，所有的人都会成为芳蒂娜，女人都可能成为流落街头的妓女，所以芳蒂娜出现的时候让他有了一点动摇。但是芳蒂娜她又把你当作一个圣人，觉得你是不会做错事的，连我这样往你脸上啐了一口的人，你都没有冤枉。那有一个替你去受苦的人，难道你会坐视不理？

陈晓楠：你是到天堂里去做魔鬼，还是在地狱里做天使。

史　航：雨果的厉害之处就在于，无论是远方的很多人，还是尚·马蒂厄、芳蒂娜，每个人都是个刑具，砝码挂在你身上，秤砣吊在你脖子上。

人的平等是人道主义的基础

陈晓楠：当要逮捕让·瓦让时，他还是站出来了，说你们逮捕我吧，当年你看到这一幕的时候，什么感觉？

史　航：我当时非常难过，觉得他帮不到别人了。但后来看的时候很高兴，因为他迅速跑掉了，所以我想还好，以后要做这么伟大决定的时候，一定还要想到，我只是去洗刷罪名，可不是真的要去苦役船上待一辈子，我觉得这是重要的。

陈晓楠：暴露还是隐藏，就像活着还是死去似的，即便有那么多的借口可以去隐藏，但最终他还是选择站出来。

许子东：让·瓦让当时做市长，做了这么多善事，他和那个跟他长得很像的傻瓜的社会价值是完全不对等的。你可以差 100，可以差 1000，但差得再大，这一条命，这一个人，你是不能否定他的，他们又是平等的。放在今天，作为一个常识，地位再高的人，亿万富翁，你也不可以没得到人家的同意，就不道德地窃取一个很低微的人身上的一个器官来换取你的健康，我们一定会谴责这种行为，对不对？这个观念哪里来的？这是个转折点——我是这么重要的一个人，但是我也莫名其妙地伤害了那么渺小的一个人，所以我要站出来。所以我们说人的平等是人道主义的基础。

史　航：我当时看了还有一个感受，叫清白。如果让·瓦让不去投案自首，继续当市长，继续让他的工厂开着，那些得以温饱的男人、女人和孩子，如果有一天他们知道，他们能吃上这碗饭，是因为他们的市长没有去投案自首，而市长明明可以投案自首，只是为了他们能有饭吃，就忍心去冤枉一个可怜的傻瓜——尚·马蒂厄，他们心里也不是滋味。他们那个饭碗里也有了罪孽的、血腥味的东西。可能有人会说，我宁愿不清白，我好歹得有饭吃。但可能中间也有些人，他们就等于说是被裹挟着，在不知情的情况下，吃着这么一个歉疚的饭。清白其实还是很重要的事情，你的清白能让跟你有关系的人也清白，这个世界因为你，清白开始扩散，而不是被吞食。所以《悲惨世界》用这么大部头的主题，其实真的是用一本书的光亮在照亮不同的角度。

陈晓楠：雨果不光是给我们写了一部史诗般的作品，或者是画了一幅那个时候恢宏的壁画，他其实是构建了一个世界。并且他所构建的这个世界之复杂、之深刻、之恢宏，以及所探讨的这些主题的深度，我觉得真的是一言难尽，这可能是我们最无法概述的一本书，所以特别希望大家有冲动去看一看这部真正伟大的作品。

关正文：救一人还是救苍生

2020 年 10 月上映了一部动画电影《姜子牙》，在编剧的设定中，姜子牙面临一个非常艰难的选择，是救一个被困于九尾狐妖体内的女孩，还是杀掉狐妖拯救天下苍生。电影中的姜子牙经历了漫长的放逐和思考。

这同样是雨果在《悲惨世界》中提出的人类终极问题之一。

如果你有机会做出如此重大的选择，你会怎么选？一边是苍生之重远远超过一人之重，一边是一人不救何以救苍生的坚实逻辑。有意思的是，两部作品都选择了救一人。在《姜子牙》的故事中，救一人的纠结化解于真相的发现，原本代表正义的其实是利用了邪恶在毁灭苍生，于是救一人和救苍生就成了同一件事儿。纠结迎刃而解，但问题并没有回答。在《悲惨世界》中，让·瓦让最终救下了被冤枉的尚·马蒂厄，结果是数万工人因失业陷入苦难的深渊。问题回答了，但却没有解决。因为我们每个人更可能成为的是那些下岗工人，作为悲惨世界中最悲惨的人，我们是很难仰视让·瓦让的高尚道德的。

作为经典，名著最大的价值并不是知识性，而是能用深刻的社会和人性观察，提出值得让人思考的问题。从《悲惨世界》出版到今天，救一人还是救苍生的问题并没有最佳答案，可能也永远没有答案，一代代人只是在不断思考，看到《姜子牙》，就觉得这桩道德公案依然悬而未决。

我们今天的人习惯强调理性，所谓理性，就是冷静地、精准地趋利避害。这不一定都是自私的，也可以是出于公心的。站在理性利益计算的角度，数万工人的福祉显然大过一个尚·马蒂厄的被冤枉，让·瓦让是市长，按照今天“政治正确”的标准，他必须考虑大多数人的利益。这个问题如果加入另外一个因素，我们在现实生活中的看法就会更加明确。按照雨果的暗示，尚·马蒂厄之所以跟让·瓦让长得如此相似，是因为他很可能是让·瓦让当年失散的弟弟。一个市长，如果为了救自己的弟弟，抛弃了为数万人维持生计的责任，尽管无可厚非，但起码不再高尚。

所以，真正的问题从来就不是救一人还是救苍生，苍生本该是自救而不该去等待什么救世主的。让·瓦让之所以让我们深爱，并不是因为他舍弃了我们这些苍生，而是因为他作为个人的不苟且，没有用我们这些苍生作为他葬送一个无辜者命运的借口。这是超越了我们常人的，是超越了他个人的物质利益的，是高尚的。这种不苟且，这种宁肯放弃安全优渥的生活也要确保内心纯净和平静的人格，依旧是稀缺和珍贵的。环顾四周，我们作为芸芸众生中的一员，可能永远也没有机会拯救苍生，但面对日常的原则坚守、真理追求，甚至起码的独立思考空间的维护，却往往让步给了为稻粱谋的所谓理性需求。这才是雨果真正留给我们的思考题。

《悲惨世界》实际上是人性之问的百科全书。再举个例子：终其一生对让·瓦让穷追不舍的雅韦尔警长，几乎是全世界读者都既厌恶又同情的人物。但在人类的今天，法治社会是文明的选择，严格执着于法条的执法者往往更能赢得普遍的偏爱。按照这个标准，让·瓦让在伪造证件、逃避抢劫案件通缉以及实际上已经发生的盗窃行为上，的确是一个在逃犯。雅韦尔如影随形的追捕，毫无同情心的铁面，恰恰是我们在日常生活中赞美的品行。法律面前人人平等，并不仅仅是强者无特殊，弱者也应该没有特殊才对。

当然，这需要建立在社会公平基础上的法律本身带来公平。弟弟们吃不上饭，这是社会问题。让·瓦让去偷面包，这是用触犯法律的方式去解决社会本该解决的问题。如果你在今天看到一则类似的社会新闻，你就不会去指责警察抓小偷，而是会呼吁社会加强对贫困人口的救助，避免产生犯罪，你不会去警察局抗议抓捕小偷的执法行为。越狱面临加刑，再次犯罪面临重判，这是让·瓦让最让人同情的部分，但在现实生活中，你对这样的执法连反感都不会有，更不会跑到监狱去骂警察，因为这是法律的规定，不关警察的事儿。

那为什么雅韦尔就该遭万人痛恨呢？

雅韦尔最终放过了让·瓦让，这一行为被很多人称作人性之光的觉醒。但雨果设定的情节，明明是雅韦尔在回报让·瓦让曾经的不杀之恩，是放弃了法律信仰和职责坚守的表现。雅韦尔在对内心品质的坚守上与让·瓦让几乎一样，他受不了自己对纯净初心的背叛，所以在放走让·瓦让之后，选择了自杀，成了又一个绝不苟且的人。

人性是复杂的，这种复杂性决定了历代读者对雅韦尔的看法。我们的理性明白社会需要严格地执行法律以保障我们的安全，我们的感性却期待这个铁网留有同情的通道，可以为所谓特殊的场景网开一面。但这不是雨果要提出的问题，雨果要质疑的，是貌似严苛的法律加剧了社会的不公。如果社会现有秩序本身是不公平的，那么维护这一秩序的法律被执行得越是严格，就越是具有破坏性。

这就是我们今天重读《悲惨世界》的意义。

一本好书

第四本书

×

骆驼祥子

钱会把人引进恶劣的社会中去，
把高尚的理想撇开，
而甘心走入地狱中去。

《骆驼祥子》是现代著名小说家老舍先生的长篇代表作，是一部具有京味的现实主义经典作品，在中国现代文学史上拥有不朽的深刻意义。这个故事的时代背景要追溯到一百年前的北平，从农村来到城里的祥子靠拉洋车谋生，他立志要买一辆属于自己的车，早日成为一个独立的劳动者。然而现实很残酷，祥子的命运经历了三起三落，其中心爱女人小福子的自杀，终于将他彻底压垮，祥子从此沦为一个地道的无产阶级流氓。

老舍通过祥子等一群小人物的悲欢爱恨，展现了一个时代的起承转合，表达了对劳动人民的同情，批判了自私狭隘的个人主义。而《骆驼祥子》之所以具备经久不衰的现实意义，就在于它放之任一时空而皆准，祥子、虎妞、小福子这样的群体，是每个时代的必然，一个努力生存的小人物，在命运的拨弄下，也许手足无措，却并不注定卑微。

祥子最终的选择真的值得作为当今你我的参照物吗？

太阳平西了，河上的老柳歪歪着，梢头挂着点金光。河里没有多少水，可是长着不少的绿藻，像一条油腻的长绿的带子，窄长，深绿，发出些微腥的潮味。河岸北的麦子已吐了芒，矮小枯干，叶上落了一层灰土。河南的荷塘的绿叶细小无力的浮在水面上，叶子左右时时放起些细碎的小水泡。东边的桥上，来往的人与车过来过去，在斜阳中特别显着匆忙，仿佛都感到暮色将近的一种不安。这些，在祥子的眼中耳中都非常的有趣与可爱。只有这样的小河仿佛才能算是河；这样的树，麦子，荷叶，桥梁，才能算是树，麦子，荷叶，与桥梁。因为它们都属于北平。

坐在那里，他不忙了。眼前的一切都是熟习的，可爱的，就是坐着死去，他仿佛也很乐意。歇了老大半天，他到桥头吃了碗老豆腐：醋，酱油，花椒油，韭菜末，被热的雪白的豆腐一烫，发出点顶香美的味儿，香得使祥子要闭住气；捧着碗，看着那深绿的韭菜末儿，他的手不住的哆嗦。吃了一口，豆腐把身里烫开一条路；他自己下手又加了两小勺辣椒油。一碗吃完，他的汗已湿透了裤腰。半闭着眼，把碗递出去："再来一碗！"

站起来，他觉出他又像个人了。太阳还在西边的最低处，河水被晚霞照得有些微红，他痛快得要喊叫出来。摸了摸脸上那块平滑的疤，摸了摸袋中的钱，又看了一眼角楼上的阳光，他硬把病忘了，把一切都忘了，好似有点什么心愿，他决定走进城去。

城门洞里挤着各样的车，各样的人，谁也不敢快走，谁可都想快快过去，鞭声，喊声，骂声，喇叭声，铃声，笑声，都被门洞儿——像一架放大音机似的——嗡嗡的联成一片，仿佛人人都发着点声音，都嗡嗡的响。祥子的大脚东插一步，西跨一步，两手左右的拨落，像条瘦长的大鱼，随浪欢跃那样，挤进了城。一眼便看到新街口，道路是那么宽，那么直，他的眼发了光，和东边的屋顶上的反光一样亮。他点了点头。

他的铺盖还在西安门大街人和车厂呢，自然他想奔那里去。因为没有家小，他一向是住在车厂里，虽然并不永远拉厂子里的车。人和的老板刘四爷是已快七十岁的人了；人老，心可不老实。年轻的时候他当过库兵，设过赌场，买卖过人口，放过阎王账。干这些营生所应有的资格与本领——力气，心路，手段，交际，字号等等——刘四爷都有。在前清的时候，打过群架，抢过良家妇女，跪过铁索。跪上铁索，刘四并没皱一皱眉，没说一个饶命。官司教他硬挺了过来，这叫作“字号”。出了狱，恰巧入了民国，巡警的势力越来越大，刘四爷看出地面上的英雄已成了过去的事儿，即使李逵武松再世也不会有多少机会了。他开了个洋车厂子。土混混出身，他晓得怎样对付穷人，什么时候该紧一把儿，哪里该松一步儿，他有善于调动的天才。车夫们没有敢跟他要骨头的。他一瞪眼，和他哈哈一笑，能把人弄得迷迷忽忽的，仿佛一脚登在天堂，一脚登在地狱，只好听他摆弄。到现在，他有六十多辆车，至坏的也是七八成新的，他不存破车。车租，他的比别家的大，可是到三节他比别家多放着两天的份儿。人和厂有地方住，拉他的车的光棍儿，都可以白住——可是得交上车份儿，交不上账而和他苦腻的，他扣下铺盖，把人当个破水壶似的扔出门外。大家若是有个急事急病，只须告诉他一声，他不含忽，水里火里他都热心的帮忙，这叫作“字号”。

刘四爷是虎相。快七十了，腰板不弯，拿起腿还走个十里二十里的。两只大圆眼，大鼻头，方嘴，一对大虎牙，一张口就像个老虎。个子几乎与祥子一边儿高，头剃得很亮，没留胡子。他自居老虎，可惜没有儿子，只有个三十七八岁的虎女——知道刘四爷的就必也知道虎妞。她也长得虎头虎脑，因此吓住了男人，帮助父亲办事是把好手，可是没人敢娶她作太太。她什么都和男人一样，连骂人也有男人的爽快，有时候更多一些花样。刘四爷打外，虎妞打内，父女把人和车厂治理得铁筒一般。人和厂成了洋车界的权威，刘家父女的办法常常在车夫与车主的口上，如读书人的引经据典。

在买上自己的车以前，祥子拉过人和厂的车。他的积蓄就交给刘四爷给存着。把钱凑够了数，他要过来，买上了那辆新车。

“刘四爷，看看我的车！”祥子把新车拉到人和厂去。

老头子看了车一眼，点了点头：“不离！”

“我可还得在这儿住，多咱我拉上包月，才去住宅门！”祥子颇自傲的说。

“行！”刘四爷又点了点头。

摘自果麦文化《骆驼祥子》

【作者简介】

老舍（1899—1966），北京人，原名舒庆春，字舍予，另有笔名絜青、鸿来、非我等，他是中国现代著名的小说家、戏剧家，也是新中国成立以来首位获得“人民艺术家”称号的作家。1924年，老舍赴英国担任大学讲师，1930年归国后曾在多所大学任教，1953年，担任中国作家协会副主席、北京市文联主席等职。老舍的一生，都在奉行“勤勉”二字，是文艺界当之无愧的“劳动模范”。1966年，因不忍屈辱，自沉于北京太平湖。

所著作品颇丰，代表作有《茶馆》《龙须沟》《骆驼祥子》《四世同堂》等。老舍的语言风格幽默逗趣，朴实而接地气，口语的运用呈现出浓浓的京味儿，是现代杰出的语言大师。

著名文学评论家蓝棣之这样评价老舍和他的《骆驼祥子》：“《骆驼祥子》是老舍的‘重头戏’，是一部有世界声誉的奇特创作。这部长篇小说很早就有英译本、俄译本和日译本。年复一年地，这部长篇被列为大学中文系课堂重点分析作品，有关研究论文，洋洋洒洒，源源不断。老舍‘养活’和培养了一批评论家。”

一本好书 剧场

【角色】

老舍：李诚儒

祥子：谢孟伟

刘四爷：张京海

虎妞：叮当

大爷：巩金国

他拉了一车金灿灿的日子

祥子一无所有，一贫如洗，没有父母，没有田地。一个人来到北平，他有的只是年轻的资本，他十八岁，有手有脚，有的是力气，他相信靠卖力气总能吃上饭。于是，做人力车夫的祥子有了一个梦想，靠力气拉车攒钱，然后买一辆自己的人力车，成家立业。

梦想对于祥子来说，是黑暗里的种子，他有力量顶开压在身上的一层层无情的现实的断瓦残垣，他相信自己终有一天会享受到日月的恩泽。

他艰苦卓绝地干下去，风里雨里咬着牙，饭里茶里自苦着，终于，三年后他拥有了一辆自己的车。

在祥子心里，他觉得用力气拉车去挣口饭吃，是天下最有骨气的事，仿佛从此以后，他便拉着一车金灿灿的日子。而且不管什么天气，祥子都带着自己梦想的阳光上路，他还盼着买第二辆、第三辆，自己当上车厂老板。

祥子的梦想，简单又实在，所以他的幸福也是简单又实在的。

他在世界上的财产，只有一条命

在当时，大环境动荡，风雨如晦。正在祥子乐颠颠地拉着他漂亮的洋车，想为自己赚一个漂亮的前程时，他被抓到军营里，车自然没了，但幸运的是，人后来逃了出来。逃的时候，他还顺手偷了三匹骆驼。

老舍先生在描写祥子逃生时说：“他在世界上的财产，现在，只剩下了自己的一条命。”他又回到了原点，一无所有。人到无望时，要么沉没，要么置之死地而后生。祥子不是前者，但也不是后者。他还有三匹骆驼，他还有希望。梦想是靠努力才能实现的，但看不到希望的梦想，足以摧毁一个人的意志。这个时候的祥子，一如老舍所说，“就是地上的一根麻绳，他也乐意拾起来，即使没用，还能稍微安慰他一下，至少他手中有条麻绳，不完全是空的”。

多么让人心生悲悯，梦想的坚持，有时就是靠着这么一条毫无实际用途的“麻绳”，一点点的依赖。心不空，一条绳子，也可以拿来攀爬，祥子相信，总有一天，他会爬上梦想之巅的。

祥子有三匹骆驼，那是他的一点信念，他相信他还可以继续去追他有骨气的梦想的。

正是这一点信念的支撑，在三匹骆驼只卖了三十五块之后，祥子又开始出发了，有希望，梦想就在前方。所以祥子“拿着三十五块很亮的现洋，两个棒子面饼子，穿着将护到胸际的一件破白小褂，要一步迈到城里去”。

“一步迈到城里去”，多么豪迈！这时候的祥子，虽然仍一无所有，但他有一条命，他有的是力气，他充满斗志，像一个战士一样冲锋陷阵。

汗水里有光芒万丈，也有凄风苦雨

祥子的汗水里，有理想的光芒万丈，也有命运的凄风苦雨。就在祥子为第二次买车埋头苦干时，孙探长诈去了祥子所有的血汗钱。真是命途多舛！

后来祥子终于有了自己的第二辆车，是因车厂主刘四爷的女儿虎妞用不正当的手段，逼迫祥子娶了她，然后给了他一百块买车。

祥子并不爱虎妞，但有了车，他又看到希望。可谁知，虎妞随后难产而死，祥子只得卖了车为虎妞办丧事。

祥子的命运，一波三折，让人如鲠在喉，唏嘘不已。

祥子不过是想有一辆自己的车，卖点力气，讨一个体面的生活。可是命运像一只怪兽在身后撕咬他，他上气不接下气地跑，他视如生命的车，就这样跑丢了一辆又一辆。

骆驼在沙漠一样的现实中没有遇到牡丹

“道路是死的，人心是活的，在入棺材以前总是不断希望着。”

这是祥子在病中的所想，从一开始，祥子便一直奔跑在梦想的路上，他像骆驼一样，在缺水缺草的恶劣环境中，仍能忍辱负重，脚步坚定。

经过三起三落，祥子对车、对梦想，已失去了力气似的。好不容易与苦命的小福子相爱，祥子心中仍有一点希望的小火苗，没想到小福子被她父亲卖到妓院，后上吊自杀，命运的手掐灭了祥子心中那一团小火苗。

祥子最终自暴自弃，麻木潦倒，如同行尸走肉，他学会了打架、酗酒、嫖娼，借钱不还，甚至骗钱、讹钱。祥子已不是那个祥子了，这样的祥子，用小说里的话来说，就是“在沙漠里养不出牡丹来”。

现实是一片沙漠，没了希望的心，也是一片沙漠。

老舍先生对祥子在黑暗旧社会里的奋斗寄予了深深的悲悯之情。那个为了一辆车而奔跑的祥子，那个深信自己与车都是铁做的祥子，虽然在沙漠一样的现实中没有遇到“牡丹”，但是，我们多么希望，他可以“充分发挥自己的力量与车的优美”，飞一样地跑，即使累，但是痛快、骄傲。收工时，就如他曾幻想的，可以去“最好的饭摊上吃顿饭，如热烧饼夹爆羊肉”。

一本好书 名家解读

陈晓楠：虎妞的温情，是一种粗暴的温情。

许子东：即便你改变不了世界，也救不了别人，你还可以保持自己。

史　航：他的自私源于计算，计算源于生活不容易。

从小人物出发，看时代荣辱

陈晓楠：《骆驼祥子》是老舍先生非常经典的作品，它深刻地描述了一个小人物在时代洪流的裹挟下身不由己的命运。史航老师，您怎么看待书中祥子这一类的人物？

史　航：老舍先生特别热爱人，爱每一个人，所以他就觉得，这些人在他的书里面走一趟，他要对得起人家，他不能给人家留下面目模糊的样子。就拿祥子用骆驼换钱这个情节来说吧，买骆驼的那个老头说："伙计，我给三十五块钱吧，我要说这不是个便宜，我是小狗子，我要是能再多拿一块，我也是小狗子。我都六十多岁的人了。"这几句话一出口，祥子就真的一句话都没说了，直接接钱。通过这个简单的情节，我们就能看出这个人的个性、命运，还有他这一生的荣辱，这几年的顺字和背字。

陈晓楠：所以我们能通过祥子的内心世界，去看看他所处的那个时代背景是什么样的。

许子东：这部作品是老舍一生创作的转折点，也可以说是军阀混战时期知识分子精神发展的一个转折点，虽然它只着重写了一个人。

史　航：就像鲁迅先生，他写车夫，他只能看到那个车夫伟大的背影，然后以此来反省一下自己。但是老舍写祥子不是这样的，我不仅看到了他的背影，我还得绕到前面看他的脸，看他脸上的泪痕，看他额头上小时候被驴咬过的伤疤，还得看看他最近受了什么样的委屈。老舍这点和鲁迅不一样，他会花更多的时间去看那个人物本身。

陈晓楠：也就是说，老舍是360度地在塑造这个角色了。另外，放到现在，祥子可以说是一个北漂，他从农村来到城市，当了的哥，那么我们可以说这部小说是他的个人奋斗史吗？

史　航：不完全。你看，故事一开始，讲北平有多少种洋车夫，分拉白天的、拉晚上的、不敢拉晚上的，拉好车的、拉不好的车的、拉最差的车的，还有不拉人只拉货的。你想你如果拉货，拉点菜，或者拉点别的什么东西，那车肯定很脏，有钱人也不坐。为什么一开始阶级就分得这么清晰呢？不是炫耀，而是预示主题、预示命运，与其说它是个人奋斗史，不如打个这样的比方，《骆驼祥子》讲的是一个人在打游戏，他一开始是什么装备，后来丢了装备，丢了装备他还有什么装备，没有装备他也还得继续，还得挣命去，然后很快就死掉了。

越来越活不起，又越来越得活。

陈晓楠：有一种大时代背景下的很强烈的宿命感。

许子东：五四时期的作家很喜欢写洋车夫，为什么呢？主要是出于他们的人道主义同情。他们看不见农民、工人的苦，他们看到的是拉车的，因为洋车夫是直接为他们服务的。他们很同情这些洋车夫，同情归同情，坐还是得坐，毕竟那时候也没有滴滴打车。胡适写过一首诗，叫《人力车夫》，他的逻辑是，虽然洋车夫很可怜，但我要是不坐他的车，他就更可怜了。其中最有名的一句话就是："拉到内务部西，你还是给我拉过去。"

鲁迅的《一件小事》写出了工农底层的高大。一个洋车夫拉着车出去，撞到一个老太太，其实是那老太太不小心，按我们今天的说法就是老太太碰瓷人家车夫了。但这个车夫直接带她去了警察局，要给她检查身体。因为小说是用第一人称写的，里面有一句话很有名——"他的身材变得很高大，我变得很渺小。"

郁达夫的《薄奠》也写了一个洋车夫。因为同情，他和车夫交了朋友。过了一阵，那个车夫因意外事故去世，他就去了车夫的家里，并送去了一辆纸做的车。所以祥子作为一个车夫，想要一辆属于自己的车，这样的梦想是非常普遍的，就好比如今的北漂，都希望在北京有个自己的房子。

写得最好的还是《骆驼祥子》。为什么呢？我刚才讲的那些故事中的车夫都是作家人道主义情感的一个寄托。他们没有把车夫当作一个职业去写，只是把他们当作社会底层的人，把他们当作被侮辱者、被损害者，他们把拉车看作很不应该、很是无奈才去做的事情，所以他们对车夫感到同情。但是老舍不同，在老舍的笔下，这是一个正当的职业，祥子本来可以把这份拉车事业做到很好，后来却一步步越做越差。老舍除了《骆驼祥子》，还写过一部短篇，叫《黑白李》，讲的也是北平洋车夫。电车抢了洋车夫的生意，但老舍并不觉得洋车夫就有权把电车给掀了，然后要求大家只能坐洋车。他关心洋车夫的命运，但他不会去表达同情，他只是出于一种平等的观察。这个分寸拿捏得很有意思。再比如，他写祥子过生日，祥子的心理活动是这样的：我今天得拉个好活儿，我要拉男的，不拉女的，最好去前门，其次是东安市场，之后再吃点什么。你看，他会给我们呈现车夫心中的小小的愿望，他是站在车夫的立场去认认真真看他们脚下的路的。

陈晓楠：所以祥子这个人物才会如此立体。

一个悲剧人物的产生，是由他一步步的选择促成的

陈晓楠：祥子人生中最风光的时候，或者说他的装备最好的时候，他年轻，力气大，有使不完的劲儿，然后他还有个梦想。用老舍先生的话说就是：体面的、律己的、自私的、有梦想的。他的梦想就是拥有一辆属于自己的车，这几乎让他魔怔了。你们怎么看待这样的祥子？

许子东：我觉得他盼着车的时候，他人是特别简单的。最后这个世界把他一次一次像白纸一样揉皱，就揉成了抚不平的纸团了。所以老舍说他就是个计数器，手上有一百块大洋了，马上跟人砍价买车去。他从西山往回走的时候，一到高梁桥他就高兴，也就是现在西直门立交桥附近。现在的司机到那儿就急了，因为肯定堵车，但祥子不一样，他一到那儿就好了，他觉得——我进城了，整个北京城现在都是我的家。在他没有被生活彻底打倒之前，他是不恨北京城的，在他眼中，那个破败灰色的北京城是七彩的、是熠熠生辉的。我每次看这部作品的时候都在想，要是他在当初那个环节上做了另一种选择，人生是不是不会经营成最后那番模样。

陈晓楠：祥子本身是个很要强的人，他很律己。就比如他说：我如果不买车，就感觉好像丢失了自己。

许子东：我比较认真地看过三次《骆驼祥子》，每次看都会有不同的感受。第一次看的时候，看到的是一个被社会压迫、剥削的悲惨弱者。我们都说祥子三起三落：第一次是被大兵抢了车；第二次是攒了点钱，却被孙侦探敲竹杠敲掉了；第三次是虎妞死了之后，他又把车卖掉了。所以我第一次看完后，觉得这就是一个万恶的旧社会迫害了一个劳苦工人的故事。

陈晓楠：祥子明明很律己，又会精打细算，照理说他应该会一步一步越来越好，未来充满了希望。

史　航：是的，我觉得这里面特别有意思。祥子其实是有点头脑的，他有自己的道德律条，所以他在追求自己的梦想的时候，还在想着，要用什么正当的方式才能和虎妞熟一点儿，把他存的钱要回来。为了十块钱、五块钱，他有很多不同的想法。就好比他卖骆驼这个事儿，那骆驼和他一样是被大兵抓走的，可以说是他的难友。你把难友交给别人可以，但是你把难友卖给别人拿去炖算是怎么回事？而且经刘四爷一说后，他还有点儿后悔没多卖点儿钱。这么一看，哪怕他一开始有自己的道德律条在，后来也慢慢地消失了。他脑子里就只剩下一件事情：只要能再多凑一点儿钱，车子就能离我更近一点儿。

陈晓楠：他没什么爱好，也没什么朋友。

许子东：拉车就是他的爱好。把职业当作自己的爱好，这是多么高的一个境界。

史　航：但这也暗示了他是个悲剧人物。

许子东：你爱好的东西就是你的饭碗。但是实际上有这样一个说法，把爱好跟职业重叠，相当于把鸡蛋放在同一个篮子里。

陈晓楠：为什么刘四爷说要借车给他，他却不要呢？

许子东：他要自力更生，他要自强。

陈晓楠：也就是说，此刻的祥子是充满希望的，他认为自己拥有最健康的体魄。

许子东：我上课的时候问学生，祥子的悲剧是社会的错还是个人的错？我前面有提到，我第一次读完《骆驼祥子》的时候，觉得是社会的错。接着我又问了，那他个人有没有错呢？其实是有错的。个人的错是从什么时候开始的呢？我的学生们回答，去清华大学是他最大的错误，因为他是在去清华大学的路上被抓的。而他为什么要去清华大学呢？就是因为他受不了人家捧他，他本来不去的，但是被人家的话迷惑了，然后被人抢了车，又拿了别人的骆驼。那祥子到底有没有错呢？

史 航：我觉得不算错，因为他不带走骆驼的话，骆驼很可能会饿死，或者被炮火给轰死。

许子东：可那是别人的东西啊。打个比方，你在街上看到有人把珠宝店砸破了，你会去里头顺东西吗？肯定不会的。

史 航：问题就在于，这里面没有真正的平等性，他把骆驼当成东西，而不是当成生命。如果当成生命，那你就是救它；如果当成东西，你就是拐走它、偷走它。

许子东：怎么叫救它呢？

史 航：因为它在那儿肯定会饿死。

许子东：拿骆驼这个行为，我的理解比较纯粹，祥子被人欺负了，然后他也要拿回一点儿别人的东西。我自己也有过这样的经验，我以前骑的自行车，上面装了一个双铃，买双铃的时候，店员提醒我最好加一个防护罩，因为它的盖很容易被人偷走，我不信。结果我某天去朋友家，下楼一看，我的自行车的双铃少了半个。我很纳闷，问朋友怎么会被人拿走呢。朋友说，那还不简单吗，是工农兵借的，你再找工农兵拿回来呗。我心想，对啊，那我拿回来就是了。我看到旁边停了很多车，上面都有铃，我就想，我的车无缘无故被人偷走了，我能不能去拿一个呢？我当时觉得我应该拿。但是我一靠近车，弄堂里就有人走过来，我只好闪了，躲到一边去，等一下又跑过去，又有人走过来，于是我最后没敢拿。所以，如果我是祥子，我就不敢偷这个骆驼。因为祥子在开始的时候，是非常正直、高尚、不做亏心事的一个人，那么当他拿骆驼的时候，他算不算是开始堕落了呢？这是否算是一件亏心事呢？

史　航：苏东坡说："且夫天地之间，物各有主。苟非吾之所有，虽一毫而莫取。"所以我觉得还是要定位骆驼到底是物，还是你的战友。如果骆驼是你的战友，你的战友还在这里，你要不要回身把它也带出去。而当你把它转移成功的时候，你要不要一个人先去探探路，把它留在后方，交给老乡。

陈晓楠：我们刚才有讲到，如果祥子当初在某一个环节做了不同的选择，他的结果是不是不一样。许老师说，祥子重大错误的起点，就是去清华。那他为什么一定要去清华呢，是不是因为他又打起了他心底的小算盘？

许子东：对，首先是他被人喊了大个子，被人夸了，语言上被人迷惑了，这是一个很重要的诱因。最重要的是，他被对方开的价格吸引了，用我们现在的话来说，就是没对此做风险评估。

陈晓楠：他一心要挣这个钱，他始终都在精打细算。

许子东：对，他想攒钱，但他不是一个老老实实攒钱的人，他要不惜一切代价地攒钱。

史　航：开始的时候，他还是老老实实的。他买下那辆车的时候，拉客很正规，不跟人抢客，也不绕路。他觉得，他不仅要赚钱，还要体面地赚钱。

陈晓楠：这让我想到了老舍先生的那句话——“他仿佛在地狱里也能做一个好鬼似的。”他的语言很幽默、很筋道，像是泡在苦水里，抑或是泡在苦笑里一样。

许子东：地狱里的鬼有个特别大的特点，就是再也没有目标和追求了。但是你在地狱里做一个还有计划、要转正的鬼，做一个要攒钱买辆车的鬼，那就不行。让死了的愿望终成泡影，才叫地狱。

陈晓楠：鲁迅先生说，悲剧将人生的有价值的东西毁灭给人看。祥子的命运经历了三起三落，在一次又一次的归零后，他的精神世界终于彻底崩塌。这大概就是所谓的悲剧吧。

被乱世卷走的真心

陈晓楠：那么书中除了祥子，还有很多鲜活的形象，我们来聊一聊虎妞这个人物吧。

史　航：现在不是流行说女神或女汉子吗，我觉得虎妞是两者的结合体，你可以叫她“女神汉”。你看她跟祥子在一起，先打一架，最后祥子回来了，她还在原地等着他。相比之下，祥子在和她在一起的过程中，就有一些让女读者很不舒服的地方。第一是他跟人家好，却嫌弃人家不是处女，认为她是破户。第二是他和虎妞说，如果我晚上不回来，你可以找别人。但是虎妞完全不是这样的人，她作为人和车厂的管理者，不可能和任何一个员工好，而那帮员工如果有真的跟她好的，也未必会真心待她，说不定还会因此传流言蜚语，虎妞丢不起这个人，所以她只看中祥子。她和刘四爷都说过，当祥子不来人和车厂的时候，他们俩都觉得失去了一个朋友，因为这个时候，刘四爷和虎妞都还是很高看祥子的。这样一看，祥子的想法用我们现在的话来说，是有点渣的。他想，我跟你好只是暂时的，我以后还会找别人，所以你肯定也会想找别人吧。他这就是用揣度别人心思的方式来为自己开脱。

许子东：我很同情虎妞，我一直是她的辩护者。我觉得祥子用贞操的那一套观点去看待虎妞，是非常卑劣的。女人主动为什么就不好呢？祥子这样的男人，就是典型的以男人之心度女人之腹。他以为自己很强，不愿意女人比自己强，也不愿意女人来追他。所以说，在那个时代，女人追男人还蛮难的，虎妞不容易。

陈晓楠：虎妞对祥子是真心实意的好，所以她在这段感情里，是比较吃力的。

许子东：对。但是客观地讲，从现在女性主义的角度出发，虎妞有错吗？她没有，她只是主动地喜欢上一个男人，愿意为他付出，愿意为他牺牲。

陈晓楠：嗯，把自己的一切都给他了。

许子东：但是祥子的做法很让人痛心。其实一开始我是很同情祥子的，后面我渐渐不能原谅他了。他认为虎妞比他老，长得又丑，和他想象的很不一样。可是你既然选择了和她结婚，她又怀了你的骨肉，你怎么能对她那么无情？她生病了你都不舍得卖车，最后还是为了葬她才把车卖掉的。

陈晓楠：他有他作为底层阶级的局限性，有很自私的一面。

史　航：他的自私源于计算，计算源于生活不容易。他想要和虎妞关系搞好一点，毕竟她爸爸还拿着他的钱呢。可是后来虎妞却说，她不会拿那点钱拴住他，甚至还多给他补了两块钱。对比之下，虎妞就显得非常大气。还有一个细节，他和虎妞第一次见面的时候，当时刘四爷和虎妞正在吃饭，见到祥子来了，虎妞让他过来一起吃，他推辞说自己已经吃了两碗老豆腐，他确实是吃了两碗老豆腐，结果虎妞的第一句就是——过来先吃碗饭！毒不死你！两碗老豆腐管什么事？！通常来讲，一般人的对话流程是这样的：来了？吃点。不，我吃了。行，那等会儿吧。基本上这段对话就结束了，但虎妞的言行就很磊落、痛快、直爽。所以在祥子看来，这个女人不仅老和丑，还很厉害，甚至有点不要脸。其实虎妞的话是很温馨的，她知道祥子说的是场面话，所以她要让他融入进来，不要和她客套。平时敢恨的一个人，见了你敢爱，祥子被这个吓到了，他受不了。

许子东：所以他不可能看不出虎妞对他的真心。

陈晓楠：虽然是粗暴的温情。

不要做个人主义的末路鬼

许子东：我说我第一遍看《骆驼祥子》认为这就是一个底层劳苦工人被社会迫害的故事，我现在要说一下我第二次看这部作品的感受。我第二次看完之后，觉得这部小说就是在写老舍自己。老舍和五四时期的一般作家不一样，20世纪20年代，他在英国，他没有那么激进，个人主义这个词在他的理解中还是一个正面的概念。他在书中说，千万不要做个人主义的末路鬼，等于说他是在给我们讲一个英雄末路的故事。

老舍那时候想，这个社会那么多人在受苦，我们要一起反抗，建设一个新的有秩序的社会，那什么样的社会是有前途的呢？他认为要讲究个人主义。他的个人主义指的是什么？就是马克斯·韦伯的《新教伦理》（编者注：即《新教伦理与资本主义精神》）里面提到的，无论你选择做什么事情，你把它做到最好，你的人生价值就实现了。祥子要强，要清白，所以他把拉车这样一个在很多人看来很低下的工作，当作是很好的职业。老舍之所以有这样的设定，就是因为在当时那个军阀混战的社会里，他感受到了救不了社会的无奈，那能怎么办呢？只能靠自己，靠一个个的个体好好做事。所以我认为《骆驼祥子》体现了老舍世界观的一个转折，后来老舍比其他作家都更“革命”，尤其是到他创作《龙须沟》《茶馆》的时候，他是真心相信革命。

陈晓楠：个体想要清白地、正直地、努力地追求自己想要的东西，最终却落得个悲剧性的结局，是因为这个社会本身就是失衡的。

许子东：对，所以在这样的社会里，他很难实现自己想要的。

史　航：新中国成立后，老舍写《茶馆》，他写了一个王利发，王利发不拉车，但是他开茶馆，开的是祖上留下来的茶馆。他想要一路改良，结果呢，开茶馆不行了，他开公寓，开公寓又不行了，他改评书，评书不上座，他也不管别人怎么看，决定请女招待。他得活呀，他一辈子都在改良，到后来越改越凉。他也是一个个人主义的末路鬼，跟祥子一样。就像作者形容祥子，他就像一只蚂蚱一样，像只蛐蛐一样，大腿都斗掉了，还要靠小腿往前爬。

当你读完它，你会从中看到你自己

陈晓楠：祥子的命运三起三落，他究竟做错了什么？是他不应该把钱放到同一个罐子里吗？

史　航：很多读者都说，命运在玩他。比如说，虎妞是因为大方才把他攒的钱送给他，但要放在刘四爷手里，很可能一直也拿不出来，然而凑巧都放眼前了，又被孙侦探一块儿卷走了，这难道不是命运在玩他吗？

许子东：个人认为，孙侦探那一段设计得有点勉强。孙侦探就是当年抢他的那个兵，这太巧了。而且以祥子爱钱如命的性子，几句话就被人诈走了钱，这个环节相对弱了点。不过前后它是有很多精彩的设定的。比如祥子拉曹家拉得很开心，因为太开心了，跑到天安门的时候，啪地摔了一跤。还有后来他拉另外一家，结果被那个女的引诱了。诸如此类，中间一系列的小转折都非常好。

另外，我之前说了我头两次看《骆驼祥子》的感受，后来我看第三遍，感受又不一样了。我看完第三遍后，我觉得它在写我自己。我小时候的理想就是好好学习、天天向上，和早期的祥子很像。他拉车，我教书、写文章，我觉得我只要好好做研究、好好教书，我就会越来越好，也会得到自己想要的生活。慢慢地，我发现似乎并非如此，那些生活得比你好的人，他们并不是都好好学习了，也并不是都努力了，你花了那么多时间去奋斗去追求的事情，别人是看不到的，甚至是可以轻易被否定的。为什么那么多人对《骆驼祥子》这部小说着迷呢，就是因为我们生活中很多人都是“祥子”。我们认同早期的祥子，但我们怎么认同他后面一步步的所作所为呢?

后来，老舍不仅对祥子灰心失望，老舍借着祥子的遭遇，也说出了自己对这个世界的失望。他说祥子后来堕落的时候，各种活儿都挑肥拣瘦，什么轻拿什么，还要跟老人们、孩子们争。他还说北平城没有从前的排场了，九月九之后还能买着花糕，凡事都不按季节来了。两三百年的老字号店铺也开始搞周年庆，发打折广告了。他觉得整个世界不是堕落，而是瞬时的一个大滑坡，让你只能顺从。做生意的、打工的、做官的、做学问的，都不像样子了。这已经不属于一些人压迫一些人的范畴了，也不是某一个部门的问题。他发出了这样的疑问：当每个人都不遵守自己的职业道德的时候，我们该怎么办？当你发现你的职业道德不能给你带来你所期望的东西以后，你要去跟人家争吗？你要放下什么吗？你要什么酒都喝吗？

陈晓楠：无论个人怎么奋斗，都是被裹挟在社会这一架大的机器之中的，你很渺小，你的力量极其有限。

许子东：不，个人的努力就是最伟大的，你不能把个人绑在整个机器上。

陈晓楠：个体足够努力，且他的努力是正直的、清白的，最终他实现了自己的理想，那这个大的机器是很健康的。反过来说，如果你耗尽了一切努力，却永远都不可能实现自己的理想，那这个大的机器它很有可能是有问题的。

许子东：即便如此，你还是改变不了世界，也救不了别人，但是你可以保持自己。

陈晓楠：所以就像许老师说的，当你读到第三遍的时候，会从这本书中读到你自己。

许子东：对，很多文学作品都是这样。我们看书，第一是看故事，第二会看到里面提供的很多信息，譬如历史，譬如人物的理想。但是什么是好书呢？当你看完它，你久久不能忘怀，你在里面看到了自己的生活、自己的理想，这样的书才是真的好书。人生能看到几十本这样的书就很不容易了。

陈晓楠：在《骆驼祥子》这本小说里，我们看到了一个小人物的悲剧，也看到了他所处的那个时代万千的气象。人与人的关系、人与社会的关系、人与时代的关系，是值得我们永恒去探讨的。所以特别推荐大家看一看这本非常经典的《骆驼祥子》，去走近我们伟大的作者老舍先生。

关正文：好人变坏了

从小就爱听董行佶先生播讲的《骆驼祥子》，老舍先生这部名著中的主人公祥子，被压迫、被剥削的倒霉命运，董先生演绎得让人感同身受。没人不同情祥子，没人不恨恶霸刘四爷，没人不讨厌虎妞。多年以后，为了制作《一本好书》重读这部小说，社会环境、文化环境变了，发现原封不动、白纸黑字上写着的东西，竟然变成了另一个完全不同的故事。

好的作品一直就静静地活在书里，不同的人，不同的时代，带着不同的价值观，看到的内容竟然如此不同。年代还是那个年代，祥子还是拉车，刘四爷还是开车厂，虎妞还是那么蛮横，但阶级的压迫和斗争变成了日常的市井生活场景，人际关系、人物性格在另一个世界，以另一种方式活灵活现。这是一次让人非常惊异的阅读体验。

先说刘四爷，他混过黑社会，金盆洗手开了车厂，每天靠吃车份儿活着。按照过去的说法，这是欺压穷苦车夫的恶霸。但重读作品，你会发现老舍先生笔下的刘四爷并没有作恶害人。他有江湖气，讲究规矩，懂车爱车，对车夫也不错。祥子要存钱买自己的车自立门户，把钱就放在刘四爷手上。他不给利息，但也一分钱不少。明摆着是不赁他的车了，也没什么小心眼。祥子丢了自己的车，重新回来，刘四爷照样酒菜招待着，甚至借钱让他买车。

当世界上没有了小老板的时候，小老板刘四爷就是个坏人。当世界上全是小老板的时候，你看看刘四爷，再看看别的小老板，你就会觉得刘四爷这个老板还不错，不然祥子也不会老来他这儿混饭吃。

刘四爷最终是撇下虎妞和祥子自己跑了。他放不下身段，没法接受一个拉车的成为自己家里的亲人，没法接受虎妞生米煮成熟饭、先斩后奏的婚姻，他要脸，他在街面儿上丢不起这个人。在他熟悉的那个世界，他不可能不防着别人惦记他的家产，不可能让一个车夫通过他的女儿就把财产给裹了去。

再看看虎妞，长得丑，这不是她的错；她能干，把整个车厂管理得井井有条，多难管的车夫也得乖乖听话，是个挺好的小微企业CEO。依着刘四爷，这闺女总是要嫁人，嫁出去了有个好归宿，自己还能守着自己完整的产业。但因为这闺女长得实在是丑，又浑身都是跟底层车夫打交道练就的浑不吝的劲头，一张嘴能把活人说死，结果自然是多少年也等不来门当户对的婚姻。

作为大龄未婚人士，虎妞要自己解决自己的问题，这当然没什么错。天知道她在祥子之前经历过什么，她曾经看中过什么人，按过去的话说，失过身。这在今天已经不是问题，在当时，如果是有点文化的阶层，也不是多大问题，但偏偏越是穷苦愚昧的下层，越在意这点儿仅剩的尊严。虎妞爱上祥子，她过往的经历，就成了祥子心里过不去的坎儿。

这是祥子的问题，不是虎妞的。虎妞是敢爱的，她看上了祥子，祥子在车夫里是拔尖的，有自己对未来的想象的，这几乎是虎妞能够接触到的人群中最现实、最合理的选择，她只是想有个男人陪着，有个家。过去的解读总是把虎妞与祥子的头一次上床说成充满心机的诱奸，她准备了酒和菜，为内心的渴望营造了合适的氛围。老舍先生对这一场面的描写的确是充满厌恶，但他的笔依然是客观的。祥子喝了酒，从了。

虎妞有什么错？只是因为在思想封建的年代，女性有了“错误”的主动表现？今天的我们难道不应该同情她吗？

祥子并不是酒后乱性，酒只是消除了他的怯懦。祥子不爱虎妞，这是文化人的解释。真实的情况是，祥子屈从于身体的欲望，接下来的几天里，即便是没有酒，他也照样上了虎妞的床。他在意和懊悔的只有一点，那就是虎妞不是处女。

如果虎妞是处女呢？这个故事又该怎么讲？难道祥子和虎妞从此就会过上幸福的生活？

并不是。

祥子的苦，除了生逢乱世，也有他自身的原因，老舍先生交代得非常清楚。

他第一次丢了自己的车，是因为贪小便宜。人人都知道西直门外在打仗，面对高价收入的诱惑，所有的车夫都冷静地拒绝了，只有祥子着了道，结果被乱兵劫走了车。

祥子牵走了乱兵留下的骆驼，尽管这个以恶制恶却不失公平的行为无可厚非，但卖骆驼的钱不够买辆新车，吃了亏，却同样有祥子个人见识局限的原因。按照刘四爷的说法，如果祥子能把骆驼牵到城里卖给屠宰场，至少比卖给农村大爷多上一倍收入。

但祥子看不到自己的局限，却只是怨恨社会。他变了一个人，像个老油子一样不再讲究江湖规矩和自尊，开始抢比他弱的车夫的活儿，挑剔包月的雇主，内心充满怨恨。好不容易又攒够了买车的钱，装在瓦罐里，天天抱着，反复数钱。这时，老舍先生又给了一个精彩的伏笔。包月雇主家的用人高妈比祥子有见识，说祥子你这钱别老这么在家抱着，你该存到银行里去，还能有利息。可祥子信不过任何人，他的钱他只愿意自己守着。他还是看不清外面的大形势，也看不清自己的位置和机会。结果雇主摊上事儿，祥子的钱也跟着一块儿被警察敲诈走了。如果他当时听了高妈的劝，把钱存在银行里了呢？

走投无路的祥子被虎妞逼婚，又从了。

他不是放下了虎妞不是处女的心结，只是做了对自己最有利的选择。

这之后的祥子同样是有机会翻身的。虎妞手里的积蓄够买几辆车，建议他共同创业，开个小型车厂，收取车份儿，慢慢发展壮大。但这又超出了祥子的视野和想象，他只知道拉车，连虎妞生孩子难产，都没有拿出积蓄送老婆上医院，直到虎妞死了，才用这笔钱去送葬，落得个人财两空。

这之后的祥子一路堕落。

原著一直在那里。过去，我们只看见了社会的不公。现在，我们可以看到更多。这就是经典的魅力。超越时代，趋于永恒。

一本好书

第五本书 × 鲁迅杂文集

而创造这中国历史上
未曾有过的第三样时代，
则是现在的青年的使命！

《鲁迅杂文集》精选鲁迅先生1918年至1936年写作的经典杂文58篇。自1918年发表第一篇《随感录》，到1936年离世，鲁迅先生写作的杂文，仅出版发行的杂文集子就有16部——从《我们现在怎样做父亲》《言论自由的界限》，大写世道；到《谈金圣叹》《论"他妈的！"》，细察人心；再到《作文秘诀》《看书琐记》，谈诗论艺——兼容并蓄，无所不包。他是独一无二的"大先生"，因绝望而冷峻，又因激愤炽焰燃烧的战斗者。

鲁迅先生的杂文写作几乎无所不包，写世道、写人心、写文学，他都写得到位、写得入理。

他的"死对头"梁实秋曾道："鲁迅的作品，我已说过，比较精彩的是他的杂感。"

这本《鲁迅杂文集》里的篇目，从《热风》《华盖集》到《且介亭杂文末编》《集外集》《集外集拾遗》，从16本杂文集子一一选过。

这是一本中国人成长的启蒙必读之书，一百年来，他的文学成就在中文世界无人可超越；一百年来，他的杂文始终启发着我们每一个人。

一本好书 精彩书摘

有一时，就是民国二三年时候，北京的几个国家银行的钞票，信用日见其好了，真所谓蒸蒸日上。听说连一向执迷于现银的乡下人，也知道这既便当，又可靠，很乐意收受，行使了。至于稍明事理的人，则不必是“特殊知识阶级”，也早不将沉重累坠的银元装在怀中，来自讨无谓的苦吃。想来，除了多少对于银子有特别嗜好和爱情的人物之外，所有的怕大都是钞票了罢，而且多是本国的。但可惜后来忽然受了一个不小的打击。

就是袁世凯想做皇帝的那一年，蔡松坡先生溜出北京，到云南去起义。这边所受的影响之一，是中国和交通银行的停止兑现。虽然停止兑现，政府勒令商民照旧行用的威力却还有的；商民也自有商民的老本领，不说不要，却道找不出零钱。假如拿几十几百的钞票去买东西，我不知道怎样，但倘使只要买一枝笔，一盒烟卷呢，难道就付给一元钞票么？不但不甘心，也没有这许多票。那么，换铜元，少换几个罢，又都说没有铜元。那么，到亲戚朋友那里借现钱去罢，怎么会有？于是降格以求，不讲爱国了，要外国银行的钞票。但外国银行的钞票这时就等于现银，他如果借给你这钞票，也就借给你真的银元了。

我还记得那时我怀中还有三四十元的中交票，可是忽而变了一个穷人，几乎要绝食，很有些恐慌。俄国革命以后的藏着纸卢布的富翁的心情，恐怕也就这样的罢；至多，不过更深更大罢了。我只得探听，钞票可能折价换到现银呢？说是没有行市。幸而终于，暗暗地有了行市了：六折几。我非常高兴，赶紧去卖了一半。后来又涨到七折了，我更非常高兴，全去换了现银，沉垫垫地坠在怀中，似乎这就是我的性命的斤两。倘在平时，钱铺子如果少给我一个铜元，我是决不答应的。

但我当一包现银塞在怀中，沉垫垫地觉得安心，喜欢的时候，却突然起了另一思想，就是：我们极容易变成奴隶，而且变了之后，还万分喜欢。

假如有一种暴力，“将人不当人”，不但不当人，还不及牛马，不算什么东西；待到人们羡慕牛马，发生“乱离人，不及太平犬”的叹息的时候，然后给与他略等于牛马的价格，有如元朝定律，打死别人的奴隶，赔一头牛，则人们便要心悦诚服，恭颂太平的盛世。为什么呢？因为他虽不算人，究竟已等于牛马了。

我们不必恭读《钦定二十四史》，或者入研究室，审察精神文明的高超。只要一翻孩子所读的《鉴略》，——还嫌烦重，则看《历代纪元编》，就知道“三千余年古国古”的中华，历来所闹的就不过是这一个小玩艺。但在新近编纂的所谓“历史教科书”一流东西里，却不大看得明白了，只仿佛说：咱们向来就很好的。

但实际上，中国人向来就没有争到过“人”的价格，至多不过是奴隶，到现在还如此，然而下于奴隶的时候，却是数见不鲜的。中国的百姓是中立的，战时连自己也不知道属于那一面，但又属于无论那一面。强盗来了，就属于官，当然该被杀掠；官兵既到，该是自家人了罢，但仍然要被杀掠，仿佛又属于强盗似的。这时候，百姓就希望有一个一定的主子，拿他们去做百姓，——不敢，是拿他们去做牛马，情愿自己寻草吃，只求他决定他们怎样跑。

假使真有谁能够替他们决定，定下什么奴隶规则来，自然就“皇恩浩荡”了。可惜的是往往暂时没有谁能定。举其大者，则如五胡十六国的时候，黄巢的时候，五代时候，宋末元末时候，除了老例的服役纳粮以外，都还要受意外的灾殃。张献忠的脾气更古怪了，不服役纳粮的要杀，服役纳粮的也要杀，敌他的要杀，降他的也要杀：将奴隶规则毁得粉碎。这时候，百姓就希望来一个另外的主子，较为顾及他们的奴隶规则的，无论仍旧，或者新颁，总之是有一种规则，使他们可上奴隶的轨道。

“时日曷丧，予及汝偕亡！”愤言而已，决心实行的不多见。实际上大概是群盗如麻，纷乱至极之后，就有一个较强，或较聪明，或较狡猾，或是外族的人物出来，较有秩序地收拾了天下。厘定规则：怎样服役，怎样纳粮，怎样磕头，怎样颂圣。而且这规则是不像现在那样朝三暮四的。于是便“万姓胪欢”了；用成语来说，就叫作“天下太平”。

任凭你爱排场的学者们怎样铺张，修史时候设些什么“汉族发祥时代”“汉族发达时代”“汉族中兴时代”的好题目，好意诚然是可感的，但措辞太绕湾子了。有更其直捷了当的说法在这里——

一，想做奴隶而不得的时代；

二，暂时做稳了奴隶的时代。

这一种循环，也就是“先儒”之所谓“一治一乱”；那些作乱人物，从后日的“臣民”看来，是给“主子”清道辟路的，所以说：“为圣天子驱除云尔。”

现在入了那一时代，我也不了然。但看国学家的崇奉国粹，文学家的赞叹固有文明，道学家的热心复古，可见于现状都已不满了。然而我们究竟正向着那一条路走呢？百姓是一遇到莫名其妙的战争，稍富的迁进租界，妇孺则避入教堂里去了，因为那些地方都比较的“稳”，暂不至于想做奴隶而不得。总而言之，复古的，避难的，无智愚贤不肖，似乎都已神往于三百年前的太平盛世，就是“暂时做稳了奴隶的时代”了。

但我们也就都像古人一样，永久满足于“古已有之”的时代么？都像复古家一样，不满于现在，就神往于三百年前的太平盛世么？

自然，也不满于现在的，但是，无须反顾，因为前面还有道路在。而创造这中国历史上未曾有过的第三样时代，则是现在的青年的使命！

摘自果麦文化《鲁迅杂文集》

【作者简介】

鲁迅（1881—1936），原名周树人，字豫才，浙江绍兴人，中国现代文学家、思想家、革命家，中国现代文学的开山巨匠。

他以笔为武器，抨击时弊，揭露黑暗，唤醒麻木的人民，成为中国现代文化界的精神领袖，被誉为“民族魂”。先后发表小说、散文、杂文、学术著作等大量作品，成就卓著。他的作品已被译成50多种文字，行销世界，被称为“二十世纪东亚文化地图上占最大领土的作家”。

鲁迅代表作主要有小说集《呐喊》《彷徨》，散文诗集《野草》，散文集《朝花夕拾》，杂文集《热风》《华盖集》《华盖集续编》《南腔北调集》，译本《死魂灵》《毁灭》等。

一本好书 **剧场**

读书人：郑新宇、董子赫、孔艺霖、胡浩贤、邢少潭、郭志伟

大气场是骂出来的

读鲁迅先生的杂文，你无法不震惊，只一瞬间，内心便掀起惊涛骇浪。

鲁迅的气场很大，他的杂文，有气吞山河、雷霆万钧之势，可谓蟠天际地、迫天遏云、所向披靡。

大概在中国近代文学史上，没有哪一个人，像鲁迅一样，一个人就是一支队伍。他时时刻刻，裹粮坐甲，冲锋陷阵，永远斗志高扬、慷慨激昂。

他不可一世的气场，有一大部分来自他敢“骂”。他骂政府的黑暗现象，骂社会的封建落伍，骂民众的愚昧苟安。当然还骂人，骂了不少名人，也骂自己。

鲁迅先生的“骂”，是批判，但一个“骂”字更淋漓痛快。面对整个时代以及人性的不堪入目，他无法拂袖而去，他肝胆欲碎、怒发冲冠，唯有拿起一支笔，化作匕首，化作投枪，要刺破眼前的黑暗。

比如《论睁了眼看》里，一针见血地刺向“国民性的怯弱，懒惰，而又巧滑”；《灯下漫笔》中，又直击人的奴性，痛批那些忘记作为一个人的尊严的心态。

所以，他执剑竖戟，咄咄逼人，哪怕血溅簪缨，但求激浊扬清，何等豪迈，何等气势！

我就是要讽刺你

鲁迅先生不愿独清独醒，作为“铁屋”里最先的觉醒者，他对整个社会有着敏锐的洞察力，一生都在对国民性和吃人的礼教进行着猛烈的批判与抨击。

除了时时剑拔弩张、直逼要害外，鲁迅先生还拿起讽刺的尖刀，旁敲侧击。毕竟一剑封喉式的骂，对大多舌敝耳聋的麻木者而言，收效甚微。而小刀慢割，割社会的毒瘤，割人性的丑恶，每一下都痛。鲁迅希望，痛，能唤醒那个时代，能唤醒人性。

鲁迅先生的《战士和苍蝇》一文，虽短小，却尖锐，文中以“苍蝇”来比喻军阀统治者卑鄙的本质，并讽刺“苍蝇”们在一个战死的战士身上嗡嗡营营的无耻嘴脸与可悲心态。通过苍蝇与战士，鲁迅先生将渺小与伟大、恬卑与崇高、卑鄙与高尚对照，然后用讽刺的尖刀，割出“苍蝇”的血来。

鲁迅先生知道，他讽刺的是整个社会，这是一件极危险的事。这个社会，即他所说的“一流所谓有教育的智识者社会”。当讽刺的尖刀刺去，“其中的各分子便各个觉得好像刺着了自己”，于是他们便投来明枪暗箭，冷嘲热讽，谩骂使坏，招招致命，妄图刺死这讽刺者。

但是，鲁迅是个斗士，如果讽刺的尖刀可以割掉那个社会与人性中的毒瘤，他愿意做那个“手术者”。

从不靠低调攒人品

文品即人品。读鲁迅杂文，文笔朴素，处处可见真知灼见，行文针砭时弊，往往一针见血，一支笔对深恶痛绝之事，总是铁面无私。正如有人评论的“一身补钉，一团漆黑，一头直竖”。这是鲁迅的肖像描写，更是人品定位。

他的笔，是照妖镜，能照出黑暗势力的嘴脸、社会的丑相；是匕首、投枪，能刺向黑暗，划破长夜；也是大棒，棒喝民众的愚昧无知；是手术刀，医治一个病了的社会；是旗帜，是光，是一个时代的呐喊者。

他是鲁迅，是周树人，不是周作人，小情小调，不痛不痒；不是当时那些低调文人，囿于自我的世界，或自保或麻木。

如果低调能拯救无知、冷血、愚昧、黑暗，他会选择沉默。但他是鲁迅，在动荡的社会大环境中，他的内心涌动如拍岸波涛，他不能沉默。沉默，不是鲁迅的代名词，沉默，更不是鲁迅的品质。

他要高调地用一支笔，矫拂人性，匡时济世，他要在旋涡如渊的现实中，在大夜弥天的黑暗里，长剑刺破苍穹。

每个时代都需要“孤独”

这样闳识孤怀的鲁迅先生，注定是孤独的。

他手执如椽之笔，横眉冷对，迎风呐喊；他的笔锋，深邃犀利，一如风樯阵马；他的思想，高蹈伟视，光芒熠熠。

因为坚持真理，绝不人云亦云，所以才孤独。因为孤独，所以他才更加坚持真理。

鲁迅是新文化运动的先驱，他曾写《十四年的“读经”》，提出了新文化、新思想，揭露和批判北洋军阀政府教育总长章士钊提出的所谓“读经救国”存在虚伪性和欺骗性。

在特殊的时代里，坚持真理注定是孤独的。但孤独的鲁迅，却是中国的脊梁！

不要觉得那个动荡的时代离我们很遥远，我们每个人在自己的“小时代”里，何尝不需要一个“鲁迅”呢？有时我们需要骂醒自己，有时我们需要对自己动刀，更多的时候，我们要坚持自己人生的真理，要有“我以我血荐轩辕”的豪情，更要活成一个斗士，活成一支队伍。

一本好书 名家解读

陈晓楠：鲁迅先生的杂文像匕首、像投枪，他有一双看夜的眼睛、一支独笔。

史　航：鲁迅的智慧足以看清所有的更小一号的智慧，就是那种谋生的、给自己寻找空间的智慧。

许子东：他的作品已经融合了整个世纪的中国文化，你列重要人物，其中一定有鲁迅。

有字皆从人着想，无时不与战为缘

陈晓楠：鲁迅，著名的文学家、思想家、革命家。我们每个人在上学的阶段，应该也都品读过、学习过鲁迅的作品，今天我们主要在这里读一读鲁迅的杂文。当然中国现代文学史上有一座公认的高峰，就是鲁迅的杂文，它针砭时弊，也直指国民的世相人心。到今天，我们应该如何来看它？我们需要一再地来品读鲁迅先生的作品吗？

史　航：我记得当初聂绀弩用两句诗来形容鲁迅："有字皆从人着想，无时不与战为缘。"就是无时不在战斗，这是我们心目中的鲁迅，但是他写的每一个字，都着眼于"人"这方面。这件事情我觉得是跟当代有关的，因为我们都是人，跟人有关的事情就跟我们有关。

陈晓楠：人的内里的很多东西其实是穿越时代的，许老师怎么看？

许子东：学术界一般认为鲁迅“立人”的这个思想是在日本留学期间形成的，他后来真正写作的时候，大部分围绕一个主题，就是“怎么样的人不像人”。“五四”以前晚清最有名的一些小说，比如四大名著，还有《海上花列传》等，大部分都写“官”，基本上他们觉得中国的问题就出在“官”上面，上行下效。从1919年“五四”到1942年这个阶段，绝大部分文学作品的主人公都不再是官。没有官写什么呢？当时鲁迅写出来的东西，你看他一再讲的就是被奴役者去欺负他人，所以“国民性”这个东西是鲁迅最揪住不放的。

陈晓楠：来看看《论睁了眼看》，到底在说些什么？

许子东：这篇经常被引用，因为它里边有几句话说到“国民精神的灯”，对不对？

陈晓楠：本意是引导国民精神前途的灯火。

许子东：鲁迅大部分的文章是讲负面的事情，他是给予否定的——不该这样，这样很可笑，这样不对。鲁迅很少提倡什么东西，《论睁了眼看》提倡了一些东西，它批判我们，说不要瞒和骗，然后他把“文艺是国民精神的灯”举得很高，所以是引用率非常高的一篇文章。因为他讲的是正面话题，我刚才讲了鲁迅立人，人道主义主题，但人如何重要，人心如何，鲁迅很少讲，讲的大部分是人不像人，而且他还不怎么直说。

其实另外一句话更概括他的精神，叫“直面惨淡的人生”。

史　航：“正视淋漓的鲜血”。

陈晓楠：他认为在那个时候，很多文艺是在瞒和骗的边缘。

史　航：我觉得他说这些话的时候，就像是拆穿街头骗术一样，还是个热心肠。鲁迅说人感到寂寞时才会创作，要是你真正感到干净的时候，白茫茫大地真干净，那就不用创作了，就没有创作了，因为他已经一无所爱了。他说过一句话，创作总根于爱。

陈晓楠：刀子嘴豆腐心，热在里面。

许子东：这句话我们要等看过了鲁迅很多解剖爱、批判爱的文章以后，才理解他的意思。鲁迅给人的印象，“横眉冷对千夫指”，我们要很后面才能理解鲁迅“创作总根于爱”这句话。

陈晓楠：《灯下漫笔》讲了历史上中国只存在两个时代，一个是“做稳了奴隶的时代”，一个是“欲做奴隶而不得的时代”。

许子东：这篇文章里有一段讲“我”讲得最深，我读了这篇文章以后，就觉得鲁迅是在讲“我”。他讲什么呢？他说袁世凯称帝那一年，中交票突然不值钱了，不值钱了就是人变穷了，突然他们说可以换银圆，他就去换了。开始说六折，后来七折，他非常开心地换了，把一百块钱换了60块钱，放在兜里。

“但我当一包现银塞在怀中，沉垫垫地觉得安心，喜欢的时候，却突然起了另一思想，就是：我们极容易变成奴隶，而且变了之后，还万分喜欢。”我一读，就震惊了，这不是在讲远古。有多少次，我们碰到了一件不平、不公、吃亏的事情后，得到一半补偿，我们就开心得要命，他说这个就是做了奴隶，做奴隶你还做到了开心。

陈晓楠：还要做到很满足。

许子东：做奴隶做到开心，这就有点往奴才的方向发展。所以到了20世纪30年代鲁迅有一段更清晰的分辨，他说，如果你吃苦，你熬着，你反抗也没有用，那你还是奴隶。但如果你能在这样的生活当中嚼出甜头来，品出快乐来，然后你还懂得欺负别的人，那你就是万世不竭的奴才了。《灯下漫笔》这篇文章把我给征服了，这个老爷子真是厉害。

陈晓楠：这支笔真的是解剖刀。

许子东：除了刚才讲的两个奴隶时代以外，还有一段话，他解释为什么中国人这样。他说："但我们自己是早已布置妥帖了，有贵贱，有大小，有上下。自己被人凌虐，但也可以凌虐别人；自己被人吃，但也可以吃别人。一级一级地制驭着，不能动弹，也不想动弹了。因为倘一动弹，虽或有利，然而也有弊。"接着鲁迅一个典故信手拈来，"天有十日，人有十等"，最后一等叫"台"，台没有下一等了，不是太苦了吗？接着就说："无须担心的，有比他更卑的妻，更弱的子在。而且其子也很有希望，他日长大，升而为'台'，便又有更卑更弱的妻子，供他驱使了。如此连环，各得其所，有敢非议者，其罪名曰不安分！"

陈晓楠：这段好狠。

许子东：我觉得应该被列入教材。

陈晓楠：你永远在被驱使，也在找一个更弱的去驱使，成为链条的一环，哪怕做奴隶，都把这个队形摆得整整齐齐的。

许子东：然后很多做奴隶的觉得自己在做主人，对不对？

陈晓楠：因为他在做下面一个奴隶的主人。

许子东：有一年猴年，我收到一个段子，说啥呢？很多猴子在一棵树上，说你往上看是屁股，往下看是笑脸，那怎么办呢？祝你在新的一年里更上几层楼，少看一些屁股，多看一些笑脸。说段子的人就从没想过跳出这棵树，没有的，一切的思维就在这棵树上。

鲁迅批判的是人之道，损不足而奉有余

陈晓楠：我特别喜欢《随感录三十八》，讲个人的自大和集体的自大，从里面看到了太多人的影子，也看到了自己的影子。

许子东：有点像网上的"键盘侠"。

陈晓楠：大家群起而攻之，你不添一炮，就觉得好像有点亏。

史　航：网上有一个特别常用的词叫"保持队形"，因为保持队形一般构不成特别复杂的阵，就是最土的阵，叫"一字长舌阵"。保持队形最安全，因为前面有人。

许子东：我最早读鲁迅就是读《坟》跟《热风》，我小时候觉得这书印错了，什么个人、集体，个人渺小，集体才大，当然是集体之大好了。可后面他又写了什么呢？"甲云：'中国地大物博，开化最早；道德天下第一。'""乙云：'外国物质

文明虽高，中国精神文明更好。’”“丙云：‘外国的东西，中国都已有过；某种科学，即某子所说的云云。’”“丁云：‘外国也有叫化子，——也有草舍，——娼妓，——臭虫。’”这个让人太熟悉了，真是多少年都没变。

史　航：其实他这中间有一句话，说“看似猛烈，其实却很卑怯”。我觉得鲁迅的智慧足以看清所有的更小一号的智慧，就是那种谋生的、给自己寻找空间的智慧。

许子东：鲁迅的小说也好，散文也好，他跟我们经常看到的不一样。我们如果走到街上，看到一群人围着一个人看，我们当然就在一群人当中，对不对？但是你发现鲁迅不管是写伟大如狂人，或者是愚昧如阿Q，或者是可怜如祥林嫂，鲁迅都把眼光放在他们的身上，去谴责周围围观的这些人，所以这是针对我们民族的很多国民性疾病，提出了一剂良药。“天之道，损有余而补不足”，你们人多，那我要从你这儿离开，让你们损失来补不足，这是一个自然的本能的道义。而鲁迅批判的是“人之道，损不足而奉有余”。

史　航：我原先看过一个女孩子写的小说，讲校园霸凌，比所有我现在看到的更红的小说写得都好，它的名字叫《小牲口》。她说：“我们就是一些小牲口，一旦有一点响动，就要在黑暗中互相践踏。”她在这个班级里一直是最被欺负的一个女生，但现在突然来了一个男孩，好像大家更愿意欺负这胖男孩。然后她什么反应？第一，我解脱了，你们奔着他去跟我没关系；第二，试探地凑过去；第三，争取也加入欺负的行列，如果我能踹上一脚，就证明我属于这头。但问题是那帮欺负人的孩子非常机警，说你墙角站着去，你不许来欺负他，因为我们欺负完他之后，还是要来欺负你。这让她感觉很绝望。

许子东：就是很底下那只小猴子，它希望下面还有人对它来笑，它还想露个屁股，人家不让它露。

陈晓楠：其实我们都不是在说别人的事儿，或者遥远的事儿、当年的事儿，读鲁迅的作品，你仍然感觉到他说的就是此时、此刻、此地的事儿。

许子东：就是我们自己的事情，古希腊箴言说："认识你自己。"

我们在鲁迅的每一篇文章中，都能炸出自己身体里的那点小想法

陈晓楠：《论雷峰塔的倒掉》这篇里，我最喜欢的是最后两个字，"活该"，读到这儿就万分痛快。我们现在再去读它的时候，会想到什么？

史　航：《论雷峰塔的倒掉》在鲁迅的文章中少有的畅快，因为历史终于站在鲁迅一边，让他看到一件大快人心的事，更多的事他都是郁闷的，终于这一刻，历史证明它活该倒掉。人家自己相爱，用你横插一杠。

陈晓楠：其实我们现在也经常看到这种所谓的"越界"，人家两个人自己的事情，你却觉得我是可以去指点你的，而且我好像还举着一面道德的大旗，觉得我自己就是一个社会主人的角色。

史　航：鲁迅就讲到隔膜，说“人类的悲欢并不相通”，河里的船上有女子在哭她死去的母亲，对面在喂孩子，楼上在打纸牌、吵架。我觉得鲁迅对这个人世间是充满了爱的，但一边爱一边发现，他们彼此都是背对背，都是不相干的，所以法海永远无法理解许仙的爱。

陈晓楠：还有《我们现在怎样做父亲》这一篇里面，我觉得句句都特别戳我的心。这里面所说的“恩”和“爱”的问题，或者说“孝”的问题，我感触特别深。因为我记得有一次在一个讲座上，老师当时就说，现在小孩都学一些国际的文化，但是我们当然也要注意东方文化。这话并没有什么问题，然后他就说你看我们哪个人不希望自己的孩子孝顺我们？我就举手了，所有人都特别震惊，他们说你不希望你的孩子孝顺你吗？但是我真的觉得鲁迅他每一句话都帮我说清楚了。《二十四孝图》里面特别有意思的是，为了我们所说的一种善，作某种恶甚至好像是顺理成章的。这个怎么去理解它？比如我们为了弘扬“孝”，埋孩子这件事情就变得顺理成章了。

许子东：过去有些事，很多会做过头，中国的文化中就有很多做过头的事。现在不是提倡恢复国学吗？我也去参加过讲座，说到孝顺，有一个听众讲了一个故事。他说因为读了国学，他的女儿，十三四岁的女儿，穿着一条破的牛仔裤回家、屁股一扭一扭的女儿，现在在他的提醒下，会给她的祖母倒茶了。然后倒了茶以后，他就在旁边表扬他的女儿，谢谢她，说你这样尊敬祖母是好的。旁边有国学大师说你错了，你不应该这样，你给你的母亲倒茶，她会不会谢谢你？所以你的小女儿倒一杯茶，你还要专门谢谢她，你是害了她，没有继承我们国学文化的精髓。

史　航：人家意思就是亲人之间不能给小费，谢谢是小费。

许子东：你说他讲的有道理吗？也有一定道理。你这个 40 来岁的人，给你 70 岁的母亲倒茶，你也不会期望她说谢谢你，她不说你这个茶不对就已经蛮好了，对不对？你也理所应当地会为她倒茶。那为什么现在这个小姑娘来帮老人倒一杯茶，你要谢谢她呢？或者你期望老奶奶来谢谢她呢？这不是世风日下，人心不古吗？

史　航：《老莱娱亲》那个故事鲁迅也说了，最早咱们学“二十四孝”的时候，讲老莱子是故意摔倒，完了之后像小孩那样哭，他本身可能是 50 岁的人了，哄 70 岁的母亲开心。这件事有点过，有点“戏精”上身，但是家里满门“戏精”，都这样就没关系，这个听起来很难受。但其实原文说，他就是走路摔倒了，一看白发父母在看，所以学小孩哭，哄大家一笑。我没疼，我要真的很疼，摔骨折了，我不可能学小孩，这是一个情商的表现。但是中国的“二十四孝”就硬是要把正常的事儿说成奇葩的事儿，而且每一个都要给它上满发条，让它足够奇葩才行。这个“二十四孝”本身就跟鲁迅说中国人的“十景病”一样，非要凑十个景，这二十四孝中，越凑越生硬，越凑越尴尬，到处都是尬笑。

许子东：具体发生在某人的家庭里，在一个特定的情景下，其实可能是难能可贵的，或者至少可以理解，糟就糟在这些文人把这个东西拿出来作为道德榜样绑架别人家了。人家这件事情本身或许是好的，但你要求所有人都这么做，就是坏的。

陈晓楠：我又想起那句话，读点鲁迅，经常需要读点鲁迅。我们看鲁迅的每一篇文章时，都能炸出自己身体里的那点小想法。

不平是改造的引线，必须先改造了自己

陈晓楠：鲁迅的文章里说到了“愤青”，那种“恨恨的人”。这个怎么理解？

史　航：鲁迅在提醒所有人，愤怒最好要珍惜，而且你要慎重地施加你每一次的愤怒，不要让你的愤怒变得廉价。

许子东：讲起“愤青”，想起我最喜欢的一篇鲁迅的文章，叫《论辩的魂灵》，非常好玩，现在“愤青”说的一些话，鲁迅提早就告诉我们了。怎么说？“洋奴会说洋话。你主张读洋书，就是洋奴，人格破产了！受人格破产的洋奴崇拜的洋书，其价值从可知矣！”

陈晓楠：他这里面还说有一些“恨恨的人”，这骂一句，那骂一句，他自己有一种心安理得，就觉得这个天下反正不公平，根本就没有好人。他说遮蔽了自暴自弃，也是给自己找一个心理支撑。

史　航：咱们说“键盘侠”，其实一般的“侠”都是夹缝中的人，侠是很辛苦的，他有职责，在道义中间要进行选择，很纠结。

但“键盘侠”不是侠，因为他不是夹缝中的人，他是把所有人赶到夹缝里去而他在夹缝外面的人。

陈晓楠：我觉得鲁迅这里面还有一句话很重要，他不是说不许你去愤、去恨，不是说让你什么东西都要接受，但他说到不平是改造的引线，必须先改造了自己，再改造社会。接下来我们说到《论人言可畏》，跟刚才说的“键盘侠”，还是有异曲同工的地方。当年阮玲玉的事件，是媒体用一支笔把阮玲玉写向了绝路。那时候鲁迅站出来所说的一番话，也是很先锋的。

史　航：鲁迅对示弱者特别有洞察的能力，媒体说我们能欺负谁，我们欺负过谁？他说不对，你们在强者面前是弱者，可你们在弱者面前是强者，你们当然能欺负人。

许子东：自己在生活当中饱受了欺压，气没处出的人，找明星八卦的绯闻来宣泄自己，维持自己的心理平衡。鲁迅写作的核心就是人的奴性，这个奴性是可怜的，因为他是被压迫的，但又是可恨、可悲的，因为他欺负比他更弱的弱者。

陈晓楠：这里面还有一段话特别精彩，他说这些围观的群众跟狂欢一样，有的想我虽然没有阮玲玉那么漂亮，但是比她正经；有的想我虽然不及阮玲玉有本领，但是比她出身高贵；连看到她自杀了以后，也可以想我虽然没有阮玲玉的技艺，却比她有勇气，因为我没有自杀。凡是出了这样的事情，对围观群众来说，就是一场满怀极大优越感的狂欢。

史　航：这一群人往往会从一个人的不幸中间分一点赠品拿回自己家，强行割为赠品，回去都会跟太太说、跟先生说，今天遇到一件事，阮玲玉死了，你看这证明咱们还不错。

陈晓楠：这个真的太深刻了。后面有一篇跟苍蝇有关系，《战士和苍蝇》，文章中提到，“有缺点的战士终竟是战士，完美的苍蝇也终竟不过是苍蝇”。

史　航：黑格尔也说过一句话，他说大家都说仆人眼前无英雄，这不是因为英雄不是英雄，而是因为仆人就是仆人。因为他站在这个角度，他永远认不出什么英雄。

许子东：这几十年来，中国知识分子最喜欢谈论的是鲁迅，但没一个人像鲁迅，有很多人能够学老舍、学沈从文、学张爱玲，但没人说他是学鲁迅的，但是大家都会从自己的角度，包括我们也从自己的角度去阅读鲁迅，去理解鲁迅，去诠释鲁迅，去想象鲁迅。我觉得所有这些东西形成了20世纪中国知识分子的一个共同的精神财富，就是鲁迅精神。当然鲁迅是代表，他的作品已经融合了整个的中国文化，再过几百年，再过1000年，人家回顾20世纪中国历史上的转折的时候，你列重要人物，列十个，其中一定有鲁迅。

陈晓楠：所以鲁迅并未走远，从未走远。

史　航：我觉得我们不能用愤怒、反抗来给他贴一个标签，可能我们只有更了解他对这个世界的依恋，藕断丝连的部分，才会觉出他愤怒的真实和珍贵。我记得陈丹青说，鲁迅最后的十年，别人觉得他愤怒的十年，也是他中年得子，平安居家，与木刻青年通信聊天、嬉笑往来，并且近乎贪婪地收藏各种画册的十年。正是因为他有了明确的爱，所以他的恨才真实，他的恨是有来历的。

陈晓楠：鲁迅先生的杂文像匕首、像投枪，他有一双看夜的眼睛、一支独笔。但就像鲁迅先生自己说的——创作总根于爱。

关正文：身边的鲁迅

无论从学习经典的意义还是从认知现实的意义上说，当代中国的每一代青年，都需要重读鲁迅。这不只是文化、教育领域的共识，也是全社会的共识。已经有了共识，为什么还需要推广？如果你看了《一本好书》这一期播出时的弹幕，那上面大量出现的“听不懂”“没意思”，你就会意识到很多你以为的共识，其实不过是嘴上的共识而已，对于新一代青年，鲁迅作为伟大作家的名字是熟悉的，但他的作品内容和他的语言方式却是陌生的。

如果是遥远的经典，那鲁迅就只是语文考试的知识点，失去了作用于现实的力量。这几乎是等于用供奉崇拜的方式告别了鲁迅。《一本好书》对鲁迅杂文的甄选，正是希望能抗拒这种力量，让大家意识到，鲁迅的文章在今天同样是射向现实的投枪和匕首，不但与你我相关，而且往往戳在每个人的身上和心上。

比如《论睁了眼看》。看东西本来就需要睁开眼，不睁眼那叫想象，这有什么需要论的？因为总有很多人，他们描绘的现实需要闭着眼才能看到，只要睁开眼就连他自己也看不到。在鲁迅的年代，闭着眼的人说一切圆满，在今天，只是变成了一切都圆满并且厉害，但凡谁说出了不够圆满、不够厉害之处，也依旧会被看作“不合时宜”，连劝诫的话都没有变。

但真正的问题并不在这里。睁开眼才能看，这早已是人所共知的道理。今天的问题是，没人会承认他看东西的时候没睁眼。鲁迅说了这个问题之后，你再说别人看东西没睁眼，本身就成了新的不合时宜。所以，在《皇帝的新衣》的全新版本里，大家当然全都是睁着眼睛看的，明明就是大家都眼睁睁看着的，并且取得了大多数人的共识，这样的真相有什么问题吗？当然，那个突兀的孩子也是睁着眼的，只是他的眼光有问题，他偏偏看不到华丽新衣的美好，只盯着皇上微不足道的隐私，这就不只是不合时宜，而且是冒犯了大家都睁着的眼睛，原来该不该睁眼的问题，就变成了目光该被什么样的三观引导的问题。

鲁迅说：“我们的作家取下假面，真诚地、深入地、大胆地看取人生，并且写出他的血和肉来的时候早到了。”这一说法所有人都同意，所以所有的作家早就都取下了假面，无一不是在真诚地、深入地、大胆地看取人生。无奈人生不再惨淡，所以依旧是日见其光荣，依旧是无须焦躁。大家都睁了眼，看鲁迅怎么说。

我们选择的鲁迅杂文的第二篇，是《灯下漫笔》，里面的名句是：“我们极容易变成奴隶，而且变了之后，还万分喜欢。”这实在是太悲哀了。历史上的老百姓，在鲁迅先生的眼里只有两种境遇：一种是想做奴隶而不得，一种是暂时做稳了奴隶。

鲁迅先生所说的奴隶，作为一种社会身份，今天是早就没有了。作为一种心态，鲁迅先生在他的时代里看到了很多，但今天已经是人民当家做主的时代，本来应该是早已绝迹了，但有些人还是不争气，还是不拿自己当人，或者不拿别人当人，所以还是要请出鲁迅先生来说一说。

先看看触发鲁迅先生感觉到自己身上带有奴性的例子：因为时局动荡，先生手里交通银行发行的钞票先是不能兑换现银，后来宣布可以六折兑换，就赶紧拿去卖。再后来涨到了七折，就高兴地全部卖了。明明是吃了亏，却满心欢喜，先生敏感地察觉到自己的心态不对，说这就是自己身上的奴性，不是一个正常人该有的反应。

20 世纪 60 年代，为了迎接奥运会，东京成田机场需要扩建，农民市东家的田地和房子正好在规划设计的跑道上，政府动员市东搬迁，市东不同意。结果是公家多花钱，生生让飞机的跑道拐了个弯儿，新建的跑道也因此缩短了很多，而且夜间不能起降，以免打扰钉子户的休息。尽管我反感黑社会介入拆迁，也知道发展的道理再硬也不该侵犯公民的权益，但说实话，一个钉子户对私利的维护，竟然带来了如此重大的公共利益损失，而且政府对此居然迁就屈从，民众还高度认可并且支持，所有的这些，都远远超出了我能想象和接受的范围。这件事至今没有解决，已经僵持了 60 年，是日本全民引以为傲的案例，但如果你告诉我说这就是人在没有了奴性之后该有的人的表现，我就必须承认，我的确还是个奴而不是人。不仅如此，我对做了人的人还满怀义愤，觉得他不应该。

所以，我们还是要多读鲁迅。

我们一共选了六篇鲁迅杂文，每一篇都是与现实相照应的。最后再说一篇，《随感录三十八》，说的是我们缺乏“个人的自大”，只有“合群的爱国的自大”。鲁迅先生的道理说得很清楚，他的“个人的自大”就是敢于用独立的思考向庸众宣战，一切新的思想，政治上、宗教上、道德上的改革，都是从这些勇敢者发端的。这种人多，就是民族的幸运。而“合群的自大”“爱国的自大”，是躲在人群之中的党同伐异，是对少数天才的卑怯的宣战。这种人多，就是民族的悲哀和不幸。

现场录制的时候，演员字正腔圆、声情并茂地读完这一篇之后，我拿着话筒，叫起现场的一位大学生观众，问他：“你听懂了吗？”

“听懂了。”他说。

“告诉我，是个人的自大好，还是集体的、爱国的自大好？”

“集体的、爱国的自大好。”

“你几年级了？”

“我在读研究生。”

我差点把话筒扔下去。说出这个答案的在读研究生，要么是没听懂，但也有可能是真的不同意鲁迅先生的观点。

鲁迅都打不败他们，这可真是让人无语。

好在，这一期的节目，一周点击量也超过了 4000 万。这说明鲁迅还活着，新一代青年，依旧是有希望的。

第六本书 × 红岩

人生自古谁无死？
可是一个人的生命
和无产阶级永葆青春的革命事业
联系在一起，
那是无上的光荣！

《红岩》以解放前夕“重庆中美合作所”集中营中的敌我斗争为主线，展开了对当时国统区阶级斗争全貌的描写，真实再现了全国解放前夕光明与黑暗进行最后决战的艰巨时刻，歌颂了革命志士为真理而斗争的坚强意志和大无畏精神。

作者以一定的广度和深度还原出国民党反动派的统治行将覆灭、解放战争走向全国胜利的斗争形势和时代风貌，成功地塑造了以许云峰、江姐、成岗和华子良等为代表的共产党人的英雄形象。同时，作者对反面人物的塑造也很有特色，既揭示了他们的反动本质，又不流于脸谱化的形象描写。作品结构错综复杂又富于变化，细腻地刻画出人物的心理活动，语言朴实，笔调悲壮，被誉为“革命的教科书”。

《红岩》一经面世，立即引起轰动，先后被改编成电影《烈火中永生》和豫剧《江姐》等文艺作品。1961 年出版以来，社会发行量逾 1000 万册，激励了无数青年的爱国情怀和奋斗热情，入选中宣部、教育部、共青团中央向全国青少年推荐的 100 种优秀图书。2019 年，《红岩》入选“新中国 70 年 70 部长篇小说典藏”。

陈松林说的这些名字，许云峰都不知道。他思索了一下，决定尽快去查明邮局读书会有没有这些人，并且查一查究竟有没有这个自称为郑克昌的人。因为他觉得，住进一个来历不明的人，比买家具、扩大书店等还要危险和严重。

陈松林看见许云峰认真思索的神情，连忙又把郑克昌的日常表现，和自己对他的印象告诉许云峰。

许云峰静静地听着，没有插话。

陈松林讲完了，默默地望着许云峰深思的脸。老许的神色十分严峻，额头上一条条的皱纹，在眉心里凝聚拢来。

“这个人还爱写诗？把他的诗给我看看。”

陈松林从郑克昌的枕头下，拿出个小本子，许云峰接过来，一页页地认真看下去。他翻着念着，忽然看到一首很俏皮的诗。这首诗，仿佛在哪里见过似的。他略略回忆了一下，问陈松林：

“这首诗，是他写的吗？”

“我记得清楚，”陈松林毫不怀疑地说：“那天晚上，他趴在床板上，写一句，站起来，哼一哼。写完了，抱着我的肩膀说，这是他写得最满意的一首政治讽刺诗。”

“发表过吗？”

“没有。”陈松林解释着：“他说他写的诗，都是习作，从来没有投过稿。老甫还说，以后办文艺刊物时，可以选用一些。”

许云峰眉头一扬，满有把握地说：

“这首诗是抄袭的！《新华日报》副刊早就发表过。”

“抄来的？”陈松林猛然吃了一惊。“郑克昌怎么这样无聊！”

“不仅是这一首，这些诗里，好些诗句，都像在哪里见过……可是他，为什么要东拼西凑抄袭别人的作品呢？他又没有拿去投稿，也不像是为了发表。”讲到这里，许云峰注视着陈松林，慢慢地说：“你想过这样的问题吗？他为什么用这种手段？这是一种骗取我们信任的手段！”

老许这一问，像一道亮光，划过陈松林的脑子，使他陷入了深思。

“书店是党的秘密机关，”许云峰冷冷地说：“郑克昌住进书店，一定有不可告人的目的。”

“啊？”小陈惊叫了一声，不由自主地说道：“这家伙莫非是特务？”

“完全可能……”老许确信书店已经暴露，尽快撤退是完全有必要的了。

摘自中国青年出版社《红岩》

【作者简介】

罗广斌（1924—1967），重庆忠县人，中共党员，1948 年被捕，被囚禁在重庆“中美合作所”渣滓洞、白公馆集中营。中华人民共和国成立后，历任青年团重庆市委统战部部长、重庆市民主青年联盟副主席，后在重庆市文联专门从事创作。与杨益言合著革命回忆录《在烈火中永生》、长篇小说《红岩》。

杨益言（1925—2017），四川省广安市武胜县人，中共党员，中国作家协会会员，著名小说《红岩》的作者之一。早年参加革命工作，后被捕囚禁于重庆渣滓洞，出狱后根据其亲身经历写成《红岩》一书。

罗广斌、杨益言和小说中的英雄人物，共同经历了那些惊心动魄的斗争生活。新中国成立后，为了“把这里的斗争告诉后代”，二人在叙写真人真事作品的基础上，进行加工、提炼和艺术概括，创作了长篇小说《红岩》。从准备到成书，前后费时十年之久，写了 300 多万字的稿子，彻底返工过三次，大改过五六次。

一本好书 剧场

【角色】

许云峰：于震

徐鹏飞：曹卫宇

甫志高：荆俊威

陈松林：赵琨

黎纪纲：邵子宸

一场生命与信念并肩的生死战

这是一场残酷的地下斗争。1948年，解放战争即将取得胜利，国民党反动派盘踞重庆，垂死挣扎，而被关押在重庆“中美合作所”渣滓洞、白公馆两处国民党特务秘密监狱里的共产党员们，则同他们展开了一场殊死搏斗。

黎明前的黑夜最为黑暗，但黎明终将到来。那是地下党员们以坚如磐石的理想与信念，以大无畏的牺牲精神换来的。

从《红岩》这部小说里，你能深切感受到一个残酷的“战场”，但你看不见枪林弹雨，看不见硝烟弥漫，唯看见地下党员们无论面对怎样的严刑拷打，都不曾畏惧退缩的革命信念。这是精神上的一场战斗，要更为艰难与残酷。他们也是活生生的人，他们真的不害怕吗？不是的，他们害怕，但那是他们的选择——他们选择以自己的生命与坚定的信念并肩战斗，视死如归。

“为有牺牲多壮志，敢教日月换新天。”黎明的曙光，是革命者们用生命开辟出来的！

恐惧是人性，勇敢是人格

由于叛徒的告密，地下党员许云峰、成岗、余新江、刘思扬、江雪琴等人相继被捕。为了将重庆地下党一网打尽，特务们使尽各种凶残手段，折磨他们，妄图动摇他们的意志。

领导地下党工作的许云峰，是受酷刑折磨最多的一个，即使独自一人关在暗无天日的地窖中长达一年之久，他也没有放弃光明的信念。他经历了不可想象的痛苦，用双手和镣铐挖破石壁，为同志们创造条件越狱，可他自己却不愿逃出去。因为若那样做，敌人就会发现通道。为了其他同志，许云峰是抱着必死的决心的。

江雪琴，也就是我们都知道的江姐，她身为一位女性，有着让人敬佩的勇气。敌人把竹签子深深地刺入她十根手指，也不曾动摇她坚定的精神信念，她说的那句话，“毒刑拷打是太小的考验，竹签子是竹做的，共产党员的意志是钢铁铸成的”，叫人动容落泪。

能不痛吗？会不恐惧吗？钢铁铸成的意志，是革命的精神，敌人不理解，叛徒不会懂。那个卖党求荣的甫志高，被捕之后以出卖党、出卖战友的方式为自己保命，他怎么会懂得革命的信念？

面对凶残的折磨，没有人不恐惧，恐惧是人性，但勇敢面对，却是人最高尚、最高贵的品格。

信仰坚定，斗争不息

许云峰、江姐等共产党员在监狱中进行的一系列不屈不挠、视死如归的斗争，感人至深，可歌可泣。每一个人物都那么鲜活，跃然纸上。

是什么力量支撑着他们受尽酷刑，不改其志，生死面前，泰然自若？这不禁让人想起在长达十四年的监狱生活中，一直装疯卖傻的华子良，那个“疯老头”。他整日蓬头垢面，无论刮风下雨，他总在白公馆放风坝里小跑，像个疯子。在最关键的时刻，他为战友们的越狱做出了巨大贡献。

他表面神情呆滞，但他心中却有精神之光；他每天在风雨里傻跑，他知道，总有一天，他会跑向胜利——是信仰的力量，一定是信仰的力量，支撑他“傻”了十四年。

《红岩》里的大多数人物都有原型，我们可能无法真切地感受到他们当年经历的折磨，目视他们大义凛然的壮举，但我们要向他们敬礼！他们心有信仰之源、信仰之光，他们坚定信仰，永不妥协，斗争不息。

他们都是铁骨铮铮的英雄！

流血的意义，在于新生

在《红岩》里，有两个孩子，让人永生难忘。一个是小萝卜头，他一岁时和爸爸妈妈一起被捕入狱。因缺乏营养，致使发育不良，头大身小，他渴望读书，向往自由。因年龄小，在监狱里行动相对自由，从而成为狱中为难友们传递消息的“小交通员”，做了很多了不起的事情。可惜，他仅仅八岁，便被国民党特务杀害，是中国年纪最小的烈士。

书中有一个细节最令人动容、心酸，那就是小萝卜头捉到一只小飞虫，然后又将小飞虫放飞了。小萝卜头不知道外面的世界是什么样的，在他短暂的一生中，他没有享受过自由，他的世界一直局限于牢狱之中。

还有一个可怜的孩子，她睁开眼的那一刻，第一眼看到的，是因难产死去的妈妈和阴森的监狱，而她父亲入狱后很快就被敌人枪杀了，从此她成了渣滓洞监狱里的孤儿。但是，难友们为她起了一个美丽的名字：监狱之花。

想想这两个孩子，我们便能更深刻地领悟共产党员在监狱里写下的诗句：“为了免除下一代的苦难，我们愿——愿把这牢底坐穿！”

为了革命而流血，流血的意义在哪里？就在这里，为了新生！

新生，是革命前辈们坚定不移的信仰、赴汤蹈火的追求，更是他们冲锋陷阵的力量。正是有了这股舍生取义的精神，我们才迎来了新中国！

陈晓楠：我们看到了人性，看到了血肉之躯，才真正能体会到什么叫作钢铁的意志。

宋方金：他们就是有绝对的信仰，绝对地要做成一件事情，这不是理想主义，是信仰主义。

许子东：信仰问题是超越人性，但超越人性是建立在人性的基础上的。

与其说在写革命历史，不如说在写革命信仰

许子东：书里展现了甫志高的复杂性，他是著名的叛徒。他叛变之前，有点小心思，想在解放以后多一些成绩。你们有没有想过，为什么这个叛徒这么叫人讨厌，会成为经典叛徒？

宋方金：《红岩》里非常深刻地描述了他为什么是一个叛徒，实际上就是要跟党谈胜利之后的条件。我觉得书里是非常清晰地体现了这个人物的复杂性的，《红岩》里写了英雄群像，除此之外，还有一类是中间灰色地带的人物。最近有一个京剧，就是从《红岩》里边出来的，也是根据《红岩》改编的，但是它就加入了一个新的人物——华子良的一个学生，但是在书里是没有的。他来自真实的华子良的原型，让这个学生处

在一种中间地带，就是摇摆。

陈晓楠：我每一次看《红岩》，对它最切身的感觉就是，如果这本书只是讲述了一群很遥远的英雄形象，我大概只有崇敬的心理，但恰好是有了这种中间灰色地带的人，再看江姐、许云峰这一些人，你才会觉得这些人不可思议，他们为什么生、为什么死，他们的选择是和常人不同的，支撑他们的到底是什么。

许子东：这次仔细读《红岩》，我发现了甫志高这个形象为什么塑造得这么成功。他们原型找了四五个，一直到很高的官，当时重庆的地下党，但是他们只塑造了这一个人。从文学创作的角度来讲，作者非常详细地描写了他被捕之前的工作当中的失误。唯独一段非常重要的戏，整部小说里是略过不写的，就是徐远举，也就是徐鹏飞的原型，他经不起毒刑拷打就招供了。有没有写到对他毒刑拷打？没有，整部小说里没有一点写到他怎么受拷打、怎么招供。设想一下，假如加进了场面，是甫志高被夹手指，不用戳指甲了，他只是被稍微一夹就招了的话，会不会损害当时作品的效果？北大教授李杨有一句话：“与其说在写革命历史，不如说在写革命信仰。”

陈晓楠：信仰到底是什么？

许子东：在20世纪50年代，我们的文学史叫“三红一创”，《红日》写的是解放军力量强大，打败74师。《红旗谱》写的是农民为什么相信共产党，而放弃国民党。《红岩》写的是共产党人道德高尚，不仅高尚过国民党，也高尚过一般的老百姓。

陈晓楠：地下工作太特殊了，其实就是挑战人的基本人性。比如革命者得有激情，你进入事业之后，很容易有激情，希望把这件事情做得更好。我相信甫志高在那个时候，也不完全只顾私利，他也有自己很书生气的激情。但是这和地下战线来比，你这个书店宜小不宜大，应该是灰色低调的。还有其他特点，比如秘密战线，您给分析分析。

宋方金：秘密战线特别有意思，原来老电影里表现的都是准确的，《红岩》里写的秘密工作也都是准确的。但是最近几年咱们这些谍战剧都是不准确的，比如说走在街上，一定要戴个神秘的礼帽，走到墙角必须猛然一回头，一看这就是搞地下工作的。还有当时周恩来在搞地下工作的时候，第一，不让搞地下工作的同志带两支以上的钢笔。那阵不是插钢笔吗？不能带两支以上的钢笔，因为带一支，说明你是一个老师，带两支，说明你是一个勤奋的老师，带三支，你可能是个修钢笔的。

许子东：带三支就是007。

宋方金：那时候钢笔非常少，你带三支钢笔，意味着你是个抄写员。因为那时候不像现在，各种发送，各种邮件，没有，那时候情报全部靠抄写。另外周恩来要求他们这些搞秘密工作的同志，口袋里的钱不能超过你这个月的工资，假设你这个月工资是一块银圆，你必须带一块银圆以下的钱，因为如果遇到搜身，一看，你有这么多钱，基本上意味着你这个人是搞经费的。在一个地方住不能超过七天，所以周恩来从来没有遇到过特别大的危险。这本小说大家都说是革命历史小说，许老师给它定义为革命信仰小说，其实我觉得它是革命现实小说，作者将自身经历的事情放入了这本小说里，所以你看的时候，你能看到他对秘密工作，对监狱系统里的东西，对上下级的这种交接非常熟悉，我觉得作者是用一颗赤子之心在写。

许子东：《红岩》非常典型地体现了五六十年代一个很普遍的文学生产机制，这个生产机制有一些最基本的特点。第一，它是真实的历史事件，刚才讲《红旗谱》《红日》，包括《红岩》，都是真有这件事。第二，都由亲历者来写，你看罗广斌就是在渣滓洞里，他的哥哥是国民党的将军，但是没能保护他，他比较像刘思扬这个角色。第三，整个写作，他们之前有好几个版本。关键的转折点是中国青年出版社，出版后销量1000万，它真是立功劳。我刚才讲的甫志高，突出他前面的缺点，突出他后面的丑恶，略写他受刑这一段，是塑造叛徒的一个成功的诀窍，而且，把数目缩小。原来叛徒在里面比例非常高的，但《红岩》里只塑造这一个，且不给我们同情他的机会。

陈晓楠：更能扎到你的心里去，切到你的真正的思考里去。《红岩》这本书里，描写了波澜壮阔的英雄群像，后面又发生了什么？

君子喻于义，小人喻于利

宋方金：惊心动魄是什么？就是一个人面对着极端的选择，在牺牲和自由之间，在信念和妥协之间，共产党人还是做出了应有的最高尚的一个选择。振聋发聩是什么？我在网站上看一些年轻人对《红岩》的一些看法，我发现他们提出的最重大的一个问题，就是真的会有人承受得住这样极端的酷刑吗？我觉得对于今天的年轻人，引入人性这个维度，才能让他们理解这本书。现在我看好多人也在问，这本书的可信度在哪儿？就是如果我们不引入人性的维度，只是告诉他们，要胜利、要信念，他们未必能够接收得到，我觉得这本书最好的地方，就是它引入了人性的维度。

许子东：最残酷的就是江姐那些事情是真的，虽然这本书里进行了很多艺术加工。小说里许云峰是被审了两次，最后到了地牢里去。我想到他那句话，他说我们做的事情就是为了把你们的制度打掉，现在、将来如果还重复徐鹏飞他们的制度，或者还有他们这个行为的话，我们怎么对得起那些死掉的人？这些事情是真的，所以才感人。其实我可以说世界人类文明历史上就是有少数人，他违反人性，超越人性，做一般人做不到的事情，为了大部分人能够有人性，你如果要世界上绝大部分人都像许云峰、江姐那样，那不人性了，革命就没人赞成了。他们牺牲自己，为的是千千万万的人可以不必这样牺牲，不必随时被人杀掉，不必随时被人剥夺权利，所以这部红色经典作品有它的生命力。

宋方金：许云峰也好，还有另外的几个革命者也好，为什么要做出那样的选择？就是一个绝对纯洁的信仰，就是为了明天的世界，因为他们是相信的。

陈晓楠：我们每个人的人生中最重要的是面临选择，革命面临的是生和死这种特大的选择，我们在人生中，难道不会面临一些选择吗？比如你的原则和利益之间的、和你的生存之间的。我们仍然时时接受拷问，有没有利益之外、现实之外的更高的东西，是值得你去坚持的，有没有哪些原则？

宋方金：我觉得是有的，而且这个原则和这个选择，很多普通人是不知道的。我是写剧本的，写的时候，其实只有一个秘诀，就是把你要写的这个主人公融进一个特别残酷的环境，不断地考验他，追问他是谁，从哪里来，到哪里去。我举一个简单的例子，比如说汶川地震的时候，我在靠近震中心的地方，突然，发生剧烈的震动，你意识到地震了，这时候你已经面临生命危险了，如果那时候我刚洗完澡，在宾馆的床上躺着，我首先会想，我要跳起来跑出去。但是我想我好歹是一个知识分子，一定要体面。

许子东：宁可慢一秒钟，裤子还是要穿的。

宋方金：穿的，但是穿反了，穿上了，这是一个选择。体面是必须要有的，生死面前，体面很重要。第二个选择就是我要不要带上我的电脑，因为我的电脑打开，笔记本在写字桌上，因为电脑是编剧的命，就是我们所有的故事、创意、构思和底稿都在这部电脑里面。

许子东：说不定就回去拿电脑这一秒钟，一块石头砸到你了。

宋方金：对，但是我还是把它给拿上了，因为我觉得我写了这么多年的心血，我必须把它带上。第三个选择就是戴不戴眼镜，因为我是近视眼，不戴眼镜出去会显得特别迷茫，我想眼镜是可以不戴的。在生死面前，你会很精准地去做选择，体面、艺术生命和你自己的生命。

许子东：趋利避害是人性，但是什么人都不可能完全为了利益活着。

陈晓楠：这是我们和动物之间的区别。

许子东：你总有一些有意义的东西，就像古人讲义和利，讲“君子喻于义，小人喻于利”。

陈晓楠：每个人生命都是有限的，我们想去找点活着的意义，想去找一点现实和利益之外的，那点超脱出来的精神的东西，想找出那到底是什么，那个力量可以大到什么程度。

一起找寻那些信仰

宋方金：读《红岩》这本书我们就知道，胜利是值得的，但胜利的代价是巨大的。让我最感动的一句话是，你们会像养育你们的孩子一样，去爱护你们的孩子，爱护你们的未来。实际上当时他们的信念是什么？是为了后人今天的生活，还有另外一句台词就是希望你们能够理解我们。我觉得一部好的作品，它有三个功能，一是呈现过去，二是启迪当下，三是观照未来。

陈晓楠：理解我们，这才是真正的某种精神的传承。

许子东：红色文学，看上去跟古代文学、现代文学不一样。但是其实你仔细去看，它还是有很多传承的。《红岩》融合了两种文学，第一种就是现在讲的谍战文学，它差不多是最早的谍战小说，但是它又没有完全照谍战小说的逻辑发展下去，小说里边郑克昌冒充老朱去见刘思扬，按我们谍战片现在的拍摄模式，它的要点就是不要暴露你的身份。但是《红岩》里用全知的角度，前面先写一个好像不知道是谁，又马上写他们布置任务什么的，马上把谜底交给我们。所以说明这个“无间道”，它的重点是越来越往过程发展了，越来越隐蔽了。《红岩》里的隐蔽在于，他们受刑的时候，上级的姓名地址我知道，下级的姓名地址我也知道，但这都是我们党的秘密，我不能告诉你。按谍战片那不对了，因为谍战片里无论怎样你也得隐瞒自己的身份。第二个，它是一个大的文学分类，叫监狱文学。除了监狱文学本身，还有很多的文学作品也是写监狱的。通俗的，《越狱》；文学性高一点的，《肖申克的救赎》。监狱是一个世界的缩影，把监狱跟医院、学校类比，会发现它们有共性，都是一圈房子，当中一圈人大部分时间被关起来。大部分的监狱文学会描写一个人在监狱里边突变，会重新认识自己。《红岩》有半本都是监狱文学，都是在监狱里面怎么坚持工作、传播思想。当然，它这里面很多人不是人性的堕落，而是人性的升华，这是监狱文学。

宋方金：《红岩》这本书最大的一个特色，就是刘思扬是那些英雄中唯一一个阶级不同的，他是一个过着非常优越的生活的人，很富有，也是唯一的幸存者，这个维度使这部小说加了很大的厚度。刘思扬这个形象，我觉得很丰满，作者写得也很巧妙。我觉得目前很多《红岩》的研究者和读者，没有意识到。

许子东：它是纯粹的文学的经典。

宋方金：把它定义为一部红色经典小说，我觉得基本上是没有问题的，因为实际上它就是“十七年文学”。

许子东：它是“十七年文学”里面最成功的，销量1000万。

陈晓楠：看《红岩》时一气呵成，有很多很戏剧化的惊心动魄的情节，一直在不断地抓着你。但是其实这些戏剧的情节里面，有很多写实的部分，不是说只是为了烘托、为了夸张，而是非常细腻的心理描写，可以把我们勾回到现在。你会感觉到，即便不是在面临一个生死抉择，我们每个人每天仍被一百个选择、一千个选择所挑战，我们每天都站在十字路口，被坚持、原则、放弃、我们想要追求的东西，以及我们周遭的现实的东西这些主题词所包围。那么这本书我们现在来看的话，会不会有一种别样的感觉？

宋方金：网上有这么一个段子，给这个女孩500万，她会不会喜欢一个人，女孩说不会。5000万会不会，女孩说不会。5个亿呢？女孩会有些动摇。很多时候，我们往往会认为这个人要那样选择。比如有一个孩子，他得了一种病，他的母亲需要割肾救他，但母亲是个胖子，必须在规定的时间和地点内减到规定的重量，她一定能做到，因为她有绝对的信仰，因为她必须做成这件事情。我觉得咱们《红岩》里边的这些人物，他们就是有绝对的信仰，绝对地要做成一件事情，这不是理想主义，是信仰主义。当你只有信仰这一种选择时，你就会像江姐那样，完全是一个拥有钢铁般意志的人。

陈晓楠：我觉得生活中有很多试金石，就是你以为你会坚持什么，你以为你绝对不会放弃什么。但是我觉得平常没有办法百分之百去说这些事情，直到一个重要的时刻来到你面前，你可能才真的知道，你会为此放弃多少，会为此坚持多少，什么在你生命中的排序是最靠前的，就像你刚才说的这个母亲，她为了孩子的生命，一定会付出一切。但是我们人生中有很多不一定非常绝对的时刻。

许子东：我是觉得现在很多类似的作品不如《红岩》，道理是什么？他们只看到《红岩》中被突出的，就是那个“超人”的部分，他们没看到它的“常人”的部分。信仰问题是超越人性，但超越人性是建立在人性的基础上的。

陈晓楠：当我们看到他们内心的质地，柔软的那一面，你才能感觉到他们的意志有多坚强。如果你只描写一个机器人，其实就是把人神化了。

宋方金：人情世故的部分，其实在《红岩》里边能看得到，原来你希望看到英雄人物钢铁般的意志，或者说希望看到江姐如何对抗这种巨大的酷刑。但是这一次，你就能用更广阔的视角看到她的另一面。

陈晓楠：我们看到了人性，看到了血肉之躯，才能真正体会到什么叫作钢铁的意志。其实在这本书里面，还有特别多非常鲜活的、各不相同的形象，无论是被描写成好人还是坏人，每一个人都不是简单的人物。这里边有小萝卜头，有双枪老太婆，有江姐，有许云峰，有华子良，等等。有人说它像一幅壁画，一幅群像，在这本书里，我相信你能找到非常非常多的共鸣，虽然它是以前的故事，但看的时候会让你感觉那些画面历历在目，每一个人物好像就站在我们面前。让我们一起来找寻那些精神力量，那些信仰，那些原则，那些坚持，那些现实以外的更超拔的东西。

关正文：让历史成为提问者

《红岩》《红日》《红旗谱》被当代文学史家称为“三红”，但是说实话，《一本好书》选择《红岩》，不是因为它的颜色，而是因为在它震撼故事的背后，向今天的所有人提出的问题。我把它叫作椎心之问。

我们改编之后的时间线集中到了1949年，这时候国共两大阵营的对垒形式已经出现了逆转，这不光是军事格局的转换，也是利益关系和双方心态的转换。很少有人从这个角度去读《红岩》，随着改编的深入，我们把主要人物的选择，集中到了许云峰、甫志高和徐鹏飞身上，我们发现，他们代表着三种利益观，这些利益观在原著里都有，但在作者书写的年代，利益的权衡并不是叙事评价的主线。尽管利益评估是观察人性的重要途径，但在中国，却是到今天这个时代才被凸显的问题。

先说说甫志高。这是所有书写现代革命史的文学作品中最著名的叛徒，如果我们带着利益观的考量去阅读原著，你会发现早在他积极投身革命的时候，他的所有行为就都是有明确的个人利益动机的。他不满足于仅仅办好一个作为备用联络站的平庸书店，他要扩大书店的规模，传播更多进步书刊的信息，积极介入学生运动，并且主动申请要到艰苦和危险的农村去参加武装斗争。

这不是一个小资产阶级知识分子的虚荣心和好表现的问题，他的失败也不是简单的不遵守秘密工作纪律、擅作主张掉入敌人圈套的问题，甫志高的所有行为都是有精确的个人利益计算的，他看清了 1949 年已经明确形成的对阵格局，明白自己所在的一方将要获胜。如何在未来的利益分配中获得更好的收益，让自己拥有更重要的身份、地位、过往业绩和硬件指标性的经历，是他所有行为的核心动机。他负责的书店如果只是个从未启用过的备用联络站，解放之后，这就算不上什么功绩，但如果变成了团结进步青年、传播先进文化的工作中心，组织学生运动的据点，那成色就不一样了。在城市里做秘密工作，多数时间都是小心谨慎地潜伏，但是到过农村，参加过轰轰烈烈的武装斗争，那地位就又不一样了。

所有的选择，都只是为了能在未来兑现更多的好处，所以甫志高是我们今天所说的“精致的利己主义者”的前辈。在改编中，我们在他被捕之前，专门让他面向观众进行了一段独白。他对着现场 600 多年轻人，直接提出了自己的问题：我的确是在考虑自己，但你们不是吗？我要加强自己的重要性，要给自己积累更多的业绩，如果你碰到了一个限制你发展的领导，你会听他的话，老老实实不做任何突破的努力吗？我是你们看不起的叛徒，但那是因为我不服软就得死。你们呢？别说是死，如果做一件正确的事情有可能让你丢了工作，你会去做吗？我为了自己的利益好歹还要求上农村了呢，给你涨一级工资让你去，你愿意吗？

甫志高在任何时代都是败类。但现场的六百位青年观众，却很难直面他的问题。我们并不是要用常人无法企及的道德标准去要求所有人，我们只是在提醒所有人，你内心的道德优势也许只是你的幻觉。顺便说一句，六百人中只有五位真的读过《红岩》的原著，更多的只是听过江姐和双枪老太婆的故事，知道叛徒甫志高，却连许云峰是谁都不知道。

再说说徐鹏飞，这是当时的既得利益集团的代表。我们合并了原著中徐鹏飞对许云峰的三次审讯，突出了他开出的劝降条件：一杯酒，一张照片。就是这样简单的合作姿态，就可以换得自己和几位战友的自由和生命，但是许云峰拒绝了。这让徐鹏飞很不理解，没让你发表声明，没让你出卖战友，就让你配合一下演个戏，怎么就不行呢？也许聪明的人会说，许云峰是识破了敌人的欺诈。问题就在这里，如果是真的呢？徐鹏飞拿起酒杯走向现场观众，直接问出了这个问题：一杯酒，几条命，如果是真的，如果是你，你会怎么办？徐鹏飞转向许云峰，指着观众说：你是为了他们，你让他们告诉你应该怎么选！

不能不说，这对今天求生欲强大的青年观众来说，是一个太陌生的问题。但徐鹏飞的追问还在继续：你有理想，谁还没有过理想？但你为什么就不能现实一点？

“现实一点”，这倒是一个今天所有人都熟悉的劝告。也许所有的精致利己者，都曾经历过在无奈中面对现实的妥协。

再说，这种妥协又没有真的伤害到谁。按照当时秘密工作的组织规定，任何人只要被捕，即为自动脱党。所以徐鹏飞继续说：你现在已经不是共产党员了，你已经尽过力，而且因为被捕也不可能再被信任了。离开了你，革命还会继续，该成功照样会成功。只有你，再也看不到明天了，这只是你个人的损失而已，值得吗？

许云峰对观众说：你们都是我的孩子，我是为了你们能过上老百姓真正当家做主的日子，能过上自由、平等、没有强权、不被压迫的日子才去死的。这个死，值得。

这些先辈用生命诠释了他们的初心。

这个初心也包括了让我们今天能够考虑自己的利益，选择自己的爱好，追求属于自己的幸福，但却不是为了成全我们精致的利己。

苟且的、深谙现实的、善于妥协并且以此为荣的我们，配不上他们的牺牲。

重读《红岩》，网上很多人发出了崇敬和反省的声音，这是希望所在。

一本好书

第七本书

×

汤姆·索亚历险记

他发现了人类行为的一大法则，

自己还不知道——那就是，

为了要使一个大人或小孩极想干某样事情，

只需要设法把那件事情弄得不易到手就行了。

《汤姆·索亚历险记》是美国文学大师马克·吐温的代表作，描写了19世纪美国一个小镇的生活情景，是当时美国生活的缩影。小说主人公汤姆天真活泼、敢于探险、追求自由，不堪忍受枯燥、刻板的生活，梦想过上海盗式的冒险生活。

小说以其幽默的语言风格、精彩的人物描写，被誉为美国“黄金时代”的一首田园牧歌。小说通过主人公的冒险经历，对美国虚伪庸俗的社会习俗、伪善的宗教仪式和刻板陈腐的学校教育进行了讽刺和批判，以欢快的笔调描写了少年自由活泼的心灵。

这是人生成长中不得不读的勇气之书，是影响一代人的经典儿童文学，传递了坚强、无畏、友爱与力量。

离圣彼得堡镇三英里远的地方，是密西西比河的下游，那里水宽约有一英里。水上有个草木丛生的狭长小岛，小岛前方有一片浅滩，正是集结的好去处。岛上荒无人烟，离对岸很远。岸边有茂密的树林，人迹罕至。于是，他们选中了这个名叫“杰克逊岛”的地方，至于当海盗后，该打劫谁，那是以后的事，他们暂时不去想。

后来，他们又找到哈克贝利·芬，邀他入伙，他爽快答应，因为对他来说，干哪一行都一样，反正他也无所谓。不久，他们暂时分手，约定在最佳时机，也就是半夜时分，在离镇两英里处上游河岸一个僻静的地方碰头。

那里有只小木筏，他们打算占为己有，还规定每个人必须带上钓鱼钩和钓鱼线，以及用最隐秘的手段偷来的东西作为给养，就像海盗常干的那样。后半晌时，趁天没黑，他们开始得意洋洋地四处散布消息，说不久全镇将会“听到特大新闻”，还警告受到这一微妙暗示的人格外小心，叫他们“保持沉默，静候音讯”。

大约半夜时分，汤姆带着一条煮熟的火腿和其他一些小物品赶来，他在悬崖上一片茂密的灌木丛停住脚步，俯瞰崖下他们约好的集合地。夜空星光灿烂，四周一片寂静。大河悄无声息，就像深沉的海洋一般平静。汤姆侧耳细听，没有任何声音打破这一片岑寂。

于是，他吹了一声口哨，声音虽低，却也清晰可辨。悬崖下方立刻有人回应。汤姆又吹了两声，又听到同样的回应。接着一个声音警觉地高叫：

“来者何人？”

“我乃加勒比海黑衣侠盗汤姆·索亚。尔等何人？”

“血手恶煞哈克贝利·芬，海上凶神乔·哈珀。”这两个名号是汤姆从他最喜爱的故事书中挑出来封给他俩的。

“甚好，报上口令！”

在静谧的暗夜，两个低沉沙哑的嗓子同时发出一个可怕的字音：

“血！”

汤姆把火腿抛下悬崖，自己也跟着滑下来，这一滑不要紧，结果划破了衣服，蹭破了皮。其实，悬崖下方有一条易行的小道直达岸边，但对一个无所畏惧的海盗而言，走这条小道太舒坦，不能显示自己的英雄本色。

海上凶神提来一大块咸猪肉，这块猪肉几乎把他累垮。血手恶煞偷来一个平底锅和许多烤得半干的烟叶，他还弄来几个玉米棒芯，准备拿它们做烟斗。不过，除他之外，另外两个海盗不抽烟叶也不“嚼”烟草。加勒比海黑衣侠盗说什么“无火不起事”。

这个建议实在是高明！——在那个年代，人们几乎没听说过火柴这个东西。他们看见上游一百码处的一只大木筏上燃着一堆火，便偷偷溜过去，取了一块火炭。接下来，他们煞有介事地开始搞冒险活动，时而嘴里发出“嘘”的一声，手指压住嘴唇，示意停止前进，继而手握想象中的短剑向前冲锋，嘴里低声发出森严的命令，说什么只要“敌人”胆敢来犯，一定“让他死于剑下”“杀人灭口”等等。他们明知撑筏人一定是到镇里赌钱或者寻欢作乐去了，但仍按海盗的做法来偷木筏。

不久，他们把木筏推离岸边，由汤姆指挥，哈克划后桨，乔划前桨。汤姆站在木筏中央，愁眉蹙额，紧抱双臂，声音低沉地发出严厉的命令：

“转舵，逆风行驶！”

“得令，头领！”

“稳住……稳住！”

“已稳住，头领！”

“束帆绳！”

“帆绳已束，头领！”

三个孩子平稳而又单调地划着木筏往中流驶去，这些命令毫无疑问纯粹是为了要“派头”，而不表示特定的意义。

“现在起的是什么帆？”

“大横帆，中桅帆，三角帆，头领！”

“起上桅帆！全部张开。嗨，你们六个一起上，起前中帆！使劲，快点！”

“得令，头领！”

“嘿，伙计们！张开上桅帆！系帆脚索和操帆索！”

“得令，头领！”

“鬼天气，我们在风口下……不好！风要来了，稳住！左转，左转！嗨，伙计们！加把劲！稳住！”

“已稳住，头领！”

木筏驶过中流，孩子们转正筏头，继续划桨。水位不高，顶多只有二三英里长的流域。他们谁也不吭声，这样足足过了四十五分钟。

这时，木筏已划过远处的镇子。宽阔的河面上繁星点点，放眼望去，对岸的镇上只有两三家灯火在夜空下隐隐闪烁。人们都已安然入睡，对这里发生的非常事件丝毫没有觉察。黑衣侠盗抱着双臂，站在木筏上纹丝不动，他把“最后一眼”投向给过他欢乐和苦恼的地方。但愿此刻“她”能一睹他的雄姿——昂首挺立在波涛汹涌的大海上，勇敢面对凶险和死亡，嘴角挂着一丝冷笑，毫无惧色，从容走向不归路。

摘自果麦文化，雍毅译《汤姆·索亚历险记》

【作者简介】

马克·吐温（1835—1910），美国著名小说家及演说家，19世纪后期美国批判现实主义文学奠基人。1876年发表的《汤姆·索亚历险记》是他的代表作，被誉为一部具有现实意义的冒险小说。小说通过浓厚的地方特色，对人物进行敏锐观察，以其风趣幽默的语言，一跃成为世界伟大的儿童文学作品之一，以及美国黄金时代的田园牧歌。

马克·吐温把自己的童年生活经历浓缩进了这部小说，但又注入了他自己的思想和时代缩影，使小说脱离了一般庸俗的儿童回忆格调，让它充满了时代的活力。

福克纳评价马克·吐温：“第一位真正的美国作家，我们都是继承他而来。”

【角色】

荐书人：孙强

汤姆：林秋楠

波莉姨妈：林嘉

希德：张舜禹

贝姬：林思彤

他有一口袋荒唐的"糖"

真是人不荒唐枉少年啊！

他被罚刷墙，心有不甘，却灵机一动，计上心来。他边刷边以艺术家的眼光审视着他的工作，完全沉浸其中，引起别的孩子的好奇，还骗他们说："哪个男孩子能天天有机会刷墙。"于是，他成功地让别的孩子心甘情愿为他干活，而且那些傻小子还得以各种物品来"购买"这个特权。

当然还有更荒唐的，他对贝姬一见倾心，竟卧躺在人家的花园里，殉情一般，最终被冷水泼走。他不愿意上学，就装牙疼，甚至让姨妈拔掉了一颗好牙。真是荒诞无稽，叫人忍俊不禁，哭笑不得。

这个小男孩就是美国作家马克·吐温《汤姆·索亚历险记》中的汤姆了。书中讲了许多汤姆的荒唐事，每一件，他都干得津津有味，直叫人大感痛快。读着，仿佛我们的童年，也在小汤姆身上重过了一遍。

他贪玩、撒谎、打架、逃课，样样精通，还捉弄同学、老师和抚养他的姨妈。各种手段驾轻就熟，手到擒来，是典型的“坏孩子”形象。受到惩戒，也不思悔改，仍我行我素，甚至以此为乐。好像那些荒唐事，都是“糖”一样，让他感到无比甜蜜。

是的，这个荒唐少年，拥有让我们羡慕的甜蜜童年。禁不住在心里希望：愿我们历尽千帆，归来仍是荒唐少年。

“冒险”从来都是孩子的小菜一碟

汤姆做的最荒唐的事，应该就是他的冒险行动。汤姆曾与哈克深夜潜入墓地玩，却意外地目睹了一场凶杀事件。这对于孩子来说，是多么惊悚的事啊。更令他们惊心的是，凶手印第安·乔随后嫁祸于莫夫·波特，汤姆与哈克担心被追杀，向彼此发誓保守秘密。

后来，汤姆和贝姬吵架，他便动了去当海盗的念头，那可是他的梦想。他想，几年后等他当了海盗回来，就不会让人瞧不起。于是，汤姆带着他的第一伙伴哈珀和流浪儿哈克偷了小木筏，去了一座孤岛上。

在那里，他们享受着真正的自由，无拘无束，任意胡闹、嬉戏，开心得不得了。后来在得知大人们以为他们淹死了要举行丧礼的时候，他们奇迹般地出现在丧礼上。可以想象，那时参加丧礼的亲朋邻里，该是怎样惊诧，继而是怎样惊喜，最终又是怎样把疼爱式的巴掌打在汤姆那离经叛道的屁股上。

对于汤姆来说，各种花样翻新的冒险那可是层出不穷。小汤姆身上仿佛天生自带冒险精神。大人们感到不可思议与坚决反对的事情，在他这里，那简直是“小菜一碟”。

如果说，小汤姆做的那些无伤大雅的荒唐事是一块块“糖”，让他的童年甜蜜有趣，那么，冒险则是一盘火辣辣的“美味小菜”，刺激得人痛快淋漓。

孩子的世界里，正义从来不缺席

汤姆是做了海盗，但结果并非他幻想的那样“闻名天下，令闻者战栗”，倒是他因在墓地目睹了那起杀人事件，而一直惊魂未定，惴惴不安。

汤姆内心倍受煎熬，一边是恐惧，一边是正义，他该何去何从？最终，汤姆冒着生命危险，勇敢地站了出来，在法庭上指认真凶。

做海盗，没有让汤姆“名声齐天”，但他的勇敢与正义，使他成了全村的英雄。

随后，在鬼屋挖宝的冒险中，汤姆与哈克又遇上了杀人恶魔乔。汤姆表现出勇敢的天性来，与哈克一起跟踪乔。汤姆不但发现了乔的藏身地，还在随后与贝姬进行浪漫的洞中探险时，成功地堵死了乔的出路。

汤姆虽然调皮、顽劣，但在汤姆的世界里，是与非是分明的，正义与罪恶是分明的。而且，正义从来不缺席。

世界是属于“坏孩子”的

《汤姆·索亚历险记》不但适合孩子，更适合成人阅读。在停不下来的阅读中，我们不但可以真切地做一回孩子，还会深切地感受到，这个世界太需要孩子本性的光芒了。

汤姆顽皮捣蛋，是大人眼中标准的“坏孩子”，但他天真活泼，享受自由，他充满好奇心，善良又勇敢，而且有担当。

和贝姬在山洞里时，他们迷路了，三天三夜里，汤姆勇敢担当，理智而坚强，以一个真男人的姿态，给贝姬陪伴、鼓励，并成功找到出口脱险。

想想汤姆与哈克在山洞里发现的宝藏，其实不仅仅是真实的财富，更是一个孩子最无价的童心，那是这个世界最需要的。

尽管他是个“坏孩子”，但是，世界是属于汤姆这样的“坏孩子”的。

再想想我们当下，有多少被关在“山洞”里，永远“迷路”的孩子？他们的世界里，没有光，没有出路。而且，那样的“山洞”，还是一对叫“父母”的大人，“呕心沥血”亲自建造的。想想就痛心！

陈晓楠：他看起来是一个对抗者，他活泼顽皮的对立面是什么呢？

许子东：他并不是一个简单的调皮捣蛋、不守规则的人，最后给你呈现的是捍卫某种规则。

吴伯凡：他是一面镜子，让大人感到惭愧，把一本正经里头的那种滑稽显现出来。

人是倒挂在自己创造的意义之网上的动物

陈晓楠：为什么马克·吐温先生这本书里的这个坏小孩的故事这么不一样？

吴伯凡：一个写学渣的故事，成为学霸们必须要好好读，要考的一本书。

许子东："渣"跟"霸"是有辩证关系的。

陈晓楠：可能学的时候会说我们为什么要学坏小孩的故事。

吴伯凡：福克纳说马克·吐温是第一个真正的美国作家，意思是说《汤姆·索亚历险记》这本书里头才有真正的美国文学的基因，在此之前都是英国文学，殖民化以后，在政治上是殖民地，在文化上也是殖民地，这相当于美国文学的独立宣言。我们看了以后，也觉得它确实是带有很多，我们后来在很多美国文学里头感受到的那些要素。比如说牛仔，牛仔其实是一个长大了的坏小孩，冒险、调皮、捣乱，其实用现在的话说，调皮捣乱不叫调皮捣乱，叫颠覆性创新。然后这里头还有财富故事，寻宝的故事，当然还有美女，这里什么要素都有。读完《汤姆·索亚历险记》，你会发现美国的很多电影一点都不新鲜。

陈晓楠：在马克·吐温先生的作品当中，《汤姆·索亚历险记》算是一部什么样地位的作品？

许子东：他最有名的两部，《汤姆·索亚历险记》和《哈克贝利·芬历险记》。《哈克贝利·芬历险记》就比它在文学史上的地位更高一点，因为涉及一个黑人，涉及一个种族。你看他在这本书里用了探险、寻宝、调皮捣乱。英国人带给他们秩序，表面上很捣乱，但是骨子里的价值观都是英国的价值观、欧洲的价值观，所以表面上不听家长的话，紧要关头心里是惦记着家长的，表面上功课什么的都不做，但实际上还能拿奖品的。

吴伯凡：他的调皮就表现在不好好画苹果，要啃一口。说到这个，我们自然就会想到一个人，乔布斯。乔布斯当年的办公室里头，有一句话叫要当海盗，不要当海军。

陈晓楠：这不就是汤姆·索亚的梦想吗？

吴伯凡：他认为一个企业，一个真正有创新性的企业，就应该有海盗那样的精神气质。当然我们也只能说在特定的意义上，海盗有他们正面的那一部分。

陈晓楠：其实男孩小时候可能都会有这种海盗梦，它代表什么？

吴伯凡：它就是冒险、寻宝，最重要的是各种刺激，而且汤姆·索亚幻想自己是个海盗，最重要的是要衣锦还乡，想象他穿着一身黑衣服，盖上一只眼睛，过去的小伙伴们在一个地方聚会，他一推开门，就是那个样子，那叫衣锦还乡。

汤姆·索亚做很多事情都是脑筋急转弯，遇到危险的时候，他做个什么小动作，姨妈是不会脑筋急转弯的，所以经常受骗。包括刷篱笆墙，进入经济学教科书的案例，其实就是一个脑筋急转弯，只是设立一个新的标准，原有的这事意义就完全不一样了，原来是要花钱让你干你都不干，现在是你得给钱，我允许你，特许你干。这些都是脑筋急转弯。乔布斯还有一个故事很相似，他在读中学的时候，有个体育老师让他们跑步，沿操场跑十圈，他就很讨厌这种刻板的运动，他认为这种刻板的运动一点意思都没有。但那个地方很有意思，它经常起大雾。早晨有雾，他就跟着他们跑，跑半圈以后，他突然一闪，坐在操场中间，直到快到第九圈的时候，他再加入，而且跑到很前面，这就是乔布斯。

许子东：怪不得海明威也说过差不多的话，说美国文学从他那里开始。这么讲我倒理解了，否则的话讲不通。美国这个国家的民族精神的核心，居然是在一个不守规则的小孩的冒险当中。他刷墙那段，你看了有什么感受？

陈晓楠：制造稀缺，我就每次都会入这个坑。你看它就是经济学上一个特别经典的案例，我把本来不得不做的一件事情，首先变成娱乐，变成心甘情愿。

吴伯凡：叫有限准入。

陈晓楠：对。然后最后他还说你得排队，这个不是所有人都能干的，得制造稀缺，限量的。是不是人人都跃跃欲试了？

吴伯凡：如果说得更泛一点，他其实是在做一个叫意义产业的事。什么叫意义产业呢？就是我发布一个意义，那么其他的东西它就成了一个载体，比如说钞票，钞票就是一张纸，但是我发布的这个意义具有绝对权威性以后，它就不再是纸了。奢侈品一个包生产成本 150 块钱，我卖你 1 万多，为什么？我赋予了它一个意义。所以马克斯·韦伯说，人是倒挂在自己创造的意义之网上的动物，一定要创造一个意义之网，然后把自己往上头一挂，就有意义了。实际上，汤姆·索亚把一个苦力活变成了意义之网，这些小孩就一下子都倒挂在上头了。

他讲小孩的故事，最后的道理是教育我们成人的

许子东：在我们这个领域最厉害的就是艺术的起源，艺术起源于两个最基本的说法。第一个，就是鲁迅说过，大家一起搬一块木头，搬不动，这时有一个人“杭育杭育”地喊出口号，这就是创作，就是劳动创造艺术。但另外一派，就是康德，说艺术起源于游戏，他说这一群人，如果他们今天去打只野猪，

烧了吃，打野猪和吃，这都不是艺术。接下来他们吃饱了，但是还没睡觉，有一点力气，围着火堆跑，打野猪的时候是人人要去的，但是这个时候你是可跑可不跑的，然而还有很多人在跑，这就是艺术的起源。

陈晓楠：有兴致了。

许子东：他刷墙就是劳动，你可以说他劳动创造艺术。但是他把它变成游戏，这个游戏产生了艺术，我刷得好玩，这个才叫艺术，你是油漆工，谈什么艺术。我是绘画，我是现代绘画。所以太厉害了，这个小说真的就是看似很简单。我羡慕马克·吐温，因为我们也有儿童文学，但我们的儿童文学就是给小孩看的，要教育小孩一些道理。而其实他讲小孩的故事，最后的道理是教育我们成人的。

陈晓楠：马克·吐温好像自己也说，我这本书是给小孩的，但如果大人买了，也希望你们不要束之高阁。其实我觉得也有非常多的大人来看这个。

吴伯凡：其实很多的所谓的儿童文学，都是给成人看的，至少是两者都可以看，儿童看他们儿童感兴趣的那一面，成年人看成年人感兴趣的那一面，反省自躬，也能看到很多小孩看不出来的东西。比如说《小王子》，你说它是给谁看的？《小王子》其实是给成年人看的。

许子东：我也提出个疑问，这些都是外国文学。中国古代的儿童文学史，也专门有人在研究，会找出一些童谣什么的。李泽厚就说《西游记》是中国最好的儿童文学，这么讲也不是完全讲不通。

陈晓楠：汤姆·索亚看起来是不走寻常路，看起来不上学、打架，虽然打架之前说了半天，也不动手，然后犯各种错误。他想要跳出来的是什么？他看起来是一个对抗者，他活泼顽皮的对立面是什么呢？

许子东：就是社会规则，就是成人世界，就是礼拜天去教堂，平常读书，有空帮家里做家务。校长、姨妈、牧师、县法官所代表的是另一套规则体系，然后汤姆·索亚的乐趣就是打破这个规则，规则对他来说就是用来破坏的。所以第一条就是破坏规则。

第二条叫利用规则，有时候你的规则定下来了，我从我的角度对它进行你找不出来毛病的那种改动，我一下子就胜了。刷篱笆墙是一个案例，后来换《圣经》，那个校长明明知道这里头有问题，但是他那些条例都在那儿，你就得给他，所以叫利用规则。

第三，实际上是在捍卫规则，捍卫什么规则？后面你发现汤姆·索亚是一个非常仗义的人。什么叫仗义？仗义就是守规则。比如说他能够为那个小女孩贝姬出头，本来她把书给撕了，他来出头。本来这些法官都已经认定是那个人杀了人，他也承认了，但是他看到真相以后，他来出头，后面你发现他是一个侠肝义胆的人，是一个维护规则的人。他并不是一个简单的调皮捣蛋、不守规则的人，最后给你呈现的是捍卫某种规则。

陈晓楠：他不断地在打破规则，还会利用某些规则，我们看看麻烦制造者、不守规则的坏小孩汤姆·索亚又做了哪些坏事。

基本的正义感，他一直都有

陈晓楠：汤姆·索亚背《圣经》这件事情，它其实是一种嘲讽，就是说你要背两千遍，你才能得一张黄票子。

吴伯凡：《圣经》里头两千节，我想过这件事，我以前研究过《圣经》，真的是一件非常难的事情。书里头有个小孩就背废了，脑子坏掉了，得了五本《圣经》，实际上他是用他特有的方式，像一个黑客一样在攻击这个系统。

陈晓楠：这里还有一点挺有意思，就是说他不上学，他自己也觉得不太对。所以其实他有另外一个理念，根儿上他又挺希望能得到大人世界的认可。

许子东：在他们这个文化里，他很承认人性的一些基本的弱点，所以他后来目睹了罪案，但是他不敢说，很长一段时间就会害怕印第安·乔。

吴伯凡：小说里头写到因为他不敢讲出这个秘密，自己陷入一种非常沮丧、自责的状态。

陈晓楠：他有基本的正义感，其实一直都有。

吴伯凡：而且他看到印第安·乔在那儿撒谎的时候，他真的相信撒谎的人是会遭雷劈的。但是作为一个小孩子，他说印第安·乔撒这么多谎，怎么上帝还没劈呢？你说《圣经》他是背不了几句，一段都背不了，但是有些基本的东西他还是非常相信的，而且他最后扮演的就是一个维护正义的角色。

陈晓楠：马克·吐温把我们的视角移至汤姆·索亚身上，从一个有野性的、特别出挑的，但是又很纯真的小孩的眼光去看这些事，尤其还会看到当进入一个杀人现场时，汤姆·索亚和他的朋友哈克会怎么做。

大人活下去，最主要的是一直保持童心

陈晓楠：汤姆·索亚还有哈克贝利·芬，在这样的一个罪案现场，或者说可以捉住罪犯的现场，经历着考验，到底要不要说出真相。

吴伯凡：他们是目睹了整个过程的，只有这两个小孩知道当时发生了什么事。

陈晓楠：刚才我们看到他们俩还在纠结，最后汤姆·索亚有没有站出来，出于朴素的正义感站出来？

吴伯凡：他最后在做证，在法庭上做证，把无辜的人给放了。

许子东：马克·吐温一方面是在描写青少年的正义感跟他自卫的本能或者是生存本能的一个矛盾纠结，另外一方面，也是在讲美国的有钱阶级的司法制度会不会公平。他们为什么害怕？假如我们揭露了真相，你们最后判不了他，或者你们不相信我，这个罪犯是有可能来杀我们的，对不对？所以要老百姓老实，法律必须给他们彻底的保护。只要法律不彻底地保护老百姓，老百姓没办法老实，讲的就是这么简单的一个道理。

陈晓楠：汤姆·索亚一直想当海盗，通过当海盗来当英雄。其实这个时候，他是真真正正当了一次发着光的英雄，在他站出来做证时，虽然他担心法律里面会有漏洞，他会受到报复，但在这种情况下他还是站了出来，那一刻他是个英雄。

许子东：不过这个情节是拖了很久的，中间有一段是他们真的自己去演习海盗了。

吴伯凡：他到了一个岛上，增加了胆识，经历过生死，大家都以为他们死了，还给三个小孩办了葬礼。

许子东：然后在大家举办葬礼的时候回去，这个很精彩。我们每个人都有一个梦想，想亲眼看到自己的葬礼，这个时候你会看到人家怎么对你讲话。

吴伯凡：向死而生，可能那个时候他勇气也更足了，反正他的勇气不是一下子就能够起来的。面对杀人魔王——我们后来知道他杀了不止一个人，他劫财、杀人，做了很多坏事，这小孩是非常害怕他的，不敢说出真相。

许子东：后来说出真相的时候，那个人又跑了，所以法律并没有彻底保障他们，并没有惩罚到他，对不对？他又跑了，所以他们说出真相，好像完成了使命，但同时这个坏蛋还在。

陈晓楠：马克·吐温在这本书里面有一段话特别有意思，他说书里面有些是真事，有些是胡扯，所以我在这儿先说一句，谁想用这些故事分析我的创作动机，我就起诉他。我们想从中寻找什么寓意？

许子东：我们就是快被起诉了。

陈晓楠：对，全都被流放了。

许子东：我们早知道他过世了。

陈晓楠：为什么要说这段话？

吴伯凡：他这是幽默的方式，你一听他就不是太当真，枪毙，随便解释枪毙。但是他要打一个预防针，不要过多地去穿凿附会，我讲的就是一个好玩的故事而已。一般大师都是这样的，大师和小师、非大师的差别就在于，非大师往往特别愿意自己把自己的主题进行拔高，大师就老是跟别人说我这个就是一个故事而已。我觉得这里头有他谦虚和幽默的成分。

许子东：这个讲得很精彩，就像老舍《断魂枪》里边的学徒一样，要的功夫很漂亮，结果没几个人投钱，然后他就说没人懂。比较差的作家就类似这样，他们讲一个故事，讲完了以后他就告诉你们，我这里边很多用意的，结果大家没人理他的用意，他就很不服气，觉得没人懂。水平高一点的作家，他这个故事大家看得很有趣，然后人家问他后边是不是这个意思，他说没有。

陈晓楠：这本书真的是有让你读得捧腹大笑的地方，用一个小野孩的眼光去看这个世界，所以真的是给昏昏欲睡的大人世界注入了一些活力，特别有意思。

许子东：也带来了很多的遗憾，因为我没有这样生活过。

吴伯凡：它是一面镜子，让大人感到惭愧，把一本正经里头的那种滑稽显现出来。同时也让我们反省一下自己，你天天说的那些规则、那些道德，到底有多规则、有多道德。我们很多遵守规则、一本正经的人，其实都是没有担当、不仗义的人，我们能看到好多这样的。

许子东：反省一下，我们背了多少《圣经》，再反省一下，假如我们看到了一件罪恶或者不对的事情，但是如果我们站出来说话，就可能受到威胁，那个时候我们会怎么做？我想我们能学的大概就是刷墙了，把这个必须要做的事情变成可做可不做的可爱的事情，这个我们是能够学习的。

陈晓楠：虽然这是一本童书，或者说是给青少年的书，但真的是一半是给孩子看的，一半是给大人看的。实际上在这本书之后，马克·吐温还写了这小伙伴哈克贝利·芬的故事，这两本书在他的创作里面都是占非常高的地位的，甚至《哈克贝利·芬历险记》的地位要更重于《汤姆·索亚历险记》，所以这两本书大家都一定要去看一看。

许子东：大人活下去，最主要的还是一直保持童心。

吴伯凡：赤子之心。

陈晓楠：让我们在这本书里再去找一找久违的赤子之心。

关正文：一个问题少年的问题

改编《汤姆·索亚历险记》的所有动机，已经被许子东、吴伯凡、陈晓楠老师说得很全面了。节目是做给成年人看的，当初入选的时候，也的确是从当代实用经济学和创新所需环境考虑的。粉刷墙壁的故事，基本上照应的是《怪诞行为学》中的经典案例。汤姆把枯燥的刷墙变成绘画艺术的创作享受，把做苦工变成机会难得的娱乐消遣，因此不但逃避了辛苦的劳作，而且赚光了全村小朋友的钱。

这是汤姆的智慧，却是人类的荒唐。

马克·吐温的戏谑是洞察了人类荒唐的嘲讽，这是孩子尚不能理解的。但事情怪就怪在几乎所有人都认定了这是儿童文学，不但在美国，即使在中国，也是中小学生的必读书目。一个旷课、打架、早恋的学渣，一个对成人世界并不友好甚至处处反抗的问题少年，怎么就成了教育家们推荐给全球孩子并且希望他们能喜欢的著名人物了呢？

你不能不承认，对于应试教育来讲，汤姆是一个坏榜样。许子东猜测这是美国富有创新活力的精神体现，但从书中所描写的内容看却依然矛盾重重，因为汤姆所逃避和反抗的，马克·吐温戏谑嘲讽的，不就是美国的学校吗？如果书中推荐的表现体现了美国的创新文化，那中国的学校也推荐了呀，难道应试教育的老师，都有一颗颠覆的心？

我不知道中国的教育管理机构为什么推荐这本书，但《一本好书》需要给老师、家长和孩子们一个交代。我的看法是这样的：

第一，汤姆逃学是不对的。半夜不好好睡觉上坟地去玩儿，会影响第二天的学习。划着小船到荒岛上去探险，不但会耽误上课，而且会让家长着急。这种事儿，只能发生在早期的美国，放在今天，照样要被社会所不容。但话又说回来，如果上学的内容就是花费大量时间去背诵 2000 段《圣经》，或者花费更多的时间把同一个生词抄写 100 遍，把同一类习题做上 1000 道，只是为了不要出现任何一点可能丢分的错误，那么汤姆的反抗就显得可爱并且可以被全世界所接受了。检验这件事儿的标准是，汤姆逃学所错过的课程，是否影响到了他的成长，是否影响到他成为一个健全的、有能力的人？

第二，马克·吐温笔下的汤姆，显然比村里那些学霸孩子更聪明——当然，这并不能反过来证明读书没有用，只能证明傻读书、读傻书没有用。汤姆的聪明是马克·吐温赋予的，不能简单地归结为向社会学习的结果。在科技高度发达的今天，如果你只有应对社会人际关系的小聪明，没有学养支撑的大智慧，那你前途黯淡就是一个大概率的结果。但是话又说回来，马云就不是学霸，这位中国首富怎么看都更像是汤姆·索亚。任正非也是一样，很像是长大之后的汤姆船长。乔布斯、比尔·盖茨，都是逃学大咖、海盗船长。中国博士的绝对数量已经很大，创新能力却依然不足，他们更多的是善于压抑自身顺应应试教育的产物，缺少的正是汤姆·索亚的质疑和反叛精神，是社会的历练和马克·吐温赋予了汤姆·索亚的洞察力。

第三，汤姆·索亚为了吸引女生挑事儿打架是不对的，早恋这件事，今天已不再让很多老师和家长如临大敌了，但打架还是要管的。汤姆·索亚逃学去小岛探险也是不对的，这太危险，会让家长担心，真出事了，就是全家的灾难。但是，勇毅这件事，却又是一个完整的孩子所必需的素质。且不说一个从未使用过拳头的孩子无法成为一个战士，就是面对不公正的现象用语言去战斗，也是需要勇毅的激素支撑的。现在的教育改用体育运动去培养竞争精神和毅力，但是你没发现吗？凡是非接触的运动，比如羽毛球、游泳、排球，我们就会有很多明星。凡是身体直接接触、对抗的运动，比如足球、篮球，我们就往往技不如人。其实哪里是技不如人，就是打不过而已。

第四，探险更是如此。探险重在经历，发现财富只是经历的奖励，更多的时候是没有这个奖励的，只有过程的难忘和享受。所有的创新发明，本质上都是探险，有成功，也有失败。你所受的教育如果只有现实收益的考量，总是去做有把握实现、可以确知结果，甚至确知结果必然产生重大收益的事情，那你就只能做前人的重复工作。孩子们没有探险的经历，甚至没有探险的欲望，跟未来是不是有创新、创造的能力，在逻辑上是正相关的。

总结一下：汤姆·索亚是一个敢于质疑权威、反抗压抑和虚耗、富有挑战和冒险精神、行动力极强的孩子，当然，他也是一个在大事面前是非分明的孩子。他揭露犯罪真凶所需要克服的恐惧是巨大的，因为并没有一个清醒的、主持公道的成人世界可以保护他，他所揭示的真相同样是颠覆了权威结论的。

这就是一个“问题少年”留给我们的问题，也是孩子们需要阅读《汤姆·索亚历险记》的原因。

一本好书

第八本书 × 怪诞行为学

从本质上来说，
我们被自然赋予的工具所限制，
我们决策的方式又受限于
这些工具的质量与精确程度。

我们为什么会浪费丰盛晚宴中的精致食物，却对一张打折优惠餐券念念不忘？在做生活中的各种决策时，我们总是以为自己正在做出明智的、理性的选择。但是事实真的是这样吗？

在本书中，丹·艾瑞里带我们进入了行为经济学领域，通过一系列实验研究颠覆了人们曾经普遍认同的“我们的行为是完全理性的”的假设。无论是咖啡、减肥，买一辆车还是谈恋爱，我们的决策行为中总是带有各种非理性因素。

非理性是人类的本能，是主宰人类行为和决策的隐性力量。然而，这些非理性的行为既不是随机的，也不是毫无意义的。它们是有系统的、可预测的。现在，就让我们一起走进这些可预测的非理性。

《怪诞行为学》一书将永久地改变我们对世界、对我们自身的看法。这本书一定能让你大吃一惊，从行为经济学家的角度看世界，从此你看待生活的眼光会全然不同。

这将是未来几年里具有影响力和争议的一本书。新颖的观点和无法抗拒的吸引力，让我对这本书爱不释手。

——丹尼尔·麦克法登（2000年诺贝尔经济学奖得主）

一本好书 **精彩书摘**

很多人对我说，我观察世界的方式异乎寻常。人们在日常生活中，时时要做各种各样的决定。在我 20 多年的科研生涯里，乐此不疲的就是要搞清楚影响这些决定的真正（而不是人们想当然的那些）因素，这种探索给我带来了无穷的乐趣。

我们常常暗下决心节食减肥，但是只要看到卖甜点的小推车一过来，我们的决心就消失得无影无踪。你知道这是为什么吗？

我们有时候兴致勃勃地去购物，买回来一大堆东西，却放在家里用不上。这是为什么呢？

头痛的时候，我们花 5 美分买的阿司匹林吃了不见效，可是花 50 美分买的阿司匹林却能立竿见影。这又是为什么？

工作之前让员工背一下《圣经》十诫，大家就能比较诚实，起码在刚刚背完的时候是这样。如果没这样做，不诚实的现象会更多。这又是为什么呢？换言之，为什么荣辱规范可以减少工作中出现的不诚实现象？

读完这本书你们就可以知道这些问题的答案，还有其他很多问题的答案。这些问题既与你的个人生活、职场生活有关，也涉及你观察世界的方法。例如，上面讲的有关阿司匹林问题的答案，不仅与你如何选择药品有关，还可以用来观察我们整个社会所面临的最重要问题之一——保健产品的成本和效果。背诵《圣经》十诫可以有效地减少不诚实的现象，这给了我们一些启发，有利于帮助我们避免下一个类似安然事件的发生；懂得了冲动进食时的心理机制，就可以了解生活中其他形式的冲动决定，从而懂得，为什么“储蓄备缺，未雨绸缪”这个道理人人皆知，但实行起来却那么困难。

我希望这本书能够帮助你们从根本上重新思考使你们和周围其他人生生不息的动力是什么。我希望通过展示内容广泛的实验成果和趣闻逸事（其中很多是饶有兴味的）来达到这一目的。一旦你们看到某些错误的发生是系统的、有规律的，看到你们一犯再犯的原因，我想你们就会开始学习如何避免这些错误。

不过，在给你们讲述我对吃饭、购物、爱情、金钱、拖沓、啤酒、诚实，以及生活中其他领域的研究之前，我觉得应该先给你们讲一下我的另类世界观，也就是我写作本书的初衷。尽管这些研究异常古怪，却普遍实用，且吸引眼球（有的妙趣横生），但不幸的是，真正把我带进这一领域的是多年前一起绝非好玩、绝非有趣的意外事故。

在一个18岁的以色列少年的生活中，这本来应该是一个普普通通的星期五下午。可是，天有不测风云，灾祸从天而降，短短的几秒钟，一切都无可逆转地发生了。一盏大型镁光灯（战场上用来照明的那种）发生了爆炸，导致我全身70%的皮肤遭受三度烧伤。

在以后的三年里，我被迫住在医院里，浑身上下全是绷带。偶尔在公共场合出现，身上也要穿着特制的合成纤维紧身衣，头戴面罩，样子活像一个“蜘蛛侠”。由于无法像朋友和家人那样参加日常活动，我感到自己已经与社会隔绝了，于是我像旁观者一样，开始观察曾经构成自己日常活动的各种行为。我好像一个来自不同文化（或不同星球）的人，开始反思各种不同行为的目的，既包括我的，也包括别人的。例如，我想弄清楚为什么我爱这个女孩而不是另一个；为什么我的日常活动要根据医生的安排来设定，而不是按我自己的；为什么我喜欢攀岩，而不喜欢学历史；为什么我非常在意人们对我的看法；不过，我想得最多的还是生活中人们的行为究竟受什么力量的驱动和促使我们行动的原因这两个问题。

在住院的三年时间里，我经历了各种各样的疼痛。在理疗和手术的间隙，我有非常多的时间进行反思。在这漫长的几年里，每天最大的苦难总随着“浸泡治疗”结束才算完结。所谓“浸泡治疗”就是每天一次，全身泡在消毒溶液里，然后除去绷带，把皮肤上的坏死组织刮掉。皮肤完好的时候，接触到消毒液只会稍稍有点儿痛感，绷带一般也能顺利解下来。可是如果仅仅残存一点儿皮肤或者根本没有皮肤，就像我这样的严重烧伤，绷带直接粘在肉上，遇上消毒液的刺激，那种撕心裂肺的剧痛是无法用语言形容的。

早些时候，在烧伤科里，我与每天给我做“浸泡治疗”的护士进行交谈，了解他们治疗的方法和步骤。护士们通用的方法是，揭起绷带的一角，快速撕下来，让我的剧痛时间尽量缩短。就这样一条一条地撕，大约要一个小时才能把所有绷带除去。之后再往身上涂一层药膏，换上新绷带，第二天一切照旧。

我很快了解到，护士们这样做的理论依据是，快速地用力扯去绷带，确实会给病人带来瞬间的剧烈疼痛，但比一点一点慢慢揭要好，因为那样做虽然疼痛程度会减轻，但病人疼痛的时间会延长，病人疼痛的程度从总体上来说会加大。护士们还得出一个结论，即先从疼痛最重的部位下手再逐步处理较轻的部位，与先从疼痛最轻的部位下手再到最重的部位，两种处理方法没有区别。

由于我饱受撕扯绷带过程的疼痛，对他们的理论我无法认同（他们的理论和做法从未经过科学的测试）。而且，他们的理论根本就没有从病人的角度进行考虑：病人在等待治疗的过程中内心的恐惧，病人长时间应对不同程度的疼痛，病人对疼痛何时开始何时减轻一无所知，经过长时间疼痛后也没人提醒病人何时疼痛会减轻、消失，从而得到安慰。处在当时的无助地位，无论他们怎样为我治疗，我都只能默默忍受。

我一出院（当然，在随后的 5 年里，我还必须不时地回医院接受手术和治疗）就去了特拉维夫大学。我第一学期修的一门课深深地改变了我对研究的看法，而且在很大程度上决定了我的前途。这就是哈南·弗伦克教授的人脑生理学。除了弗伦克教授在课堂上展示的关于人脑活动的引人入胜的讲授资料，令我感触最大的是他对质疑和不同见解的态度。有很多次，我在课堂上或者到他的办公室提出我对他研究结论的不同诠释，他总是回答说，我的论点的确也是一种可能（看起来未必成立，但终究是一种可能），并要求我采用实验的方法，找出它与传统理论的不同。

完成这样的实验谈何容易，但是科学本身就是一连串艰苦的实验，所有的参与者包括像我这样的大学新生，只要找到实验方法对理论进行检验，就能找到替代的理论，这一信念给我开启了一个崭新的世界。有一次，我去弗伦克教授的办公室，提出了一个关于某一阶段癫痫症状如何发展的理论，包括如何将其在老鼠身上实验的设想。

弗伦克教授很支持这一想法，其后的三个月里，我给大约 50 只老鼠做了手术，在它们的脊髓里植入导管，注入不同物质来造成和降低癫痫的发作概率。采取这种实验方式，我有一个实际困难——因为烧伤，手的活动受到限制，因此给老鼠做手术就非常困难。幸运的是，我最要好的朋友——容·威斯伯格（坚定的素食主义者和动物爱好者），勉为其难地同意花几个周末和我一起到实验室为老鼠做手术——如果有什么事情可以真正考验友谊，就是这样吧。

实验结果证明我是错的，但这并没有影响我的热情。不管怎样，我学到了一些东西。即使我的理论是错的，也让我明确无疑地知道了错在哪里。我对事物怎样发展、人们怎样行动一直有很多疑问，现在我有了新的认识——我们对感兴趣的任何事物都可以研究，科学为我们提供了手段和机会，这一认识吸引我进入了研究人类行为的领域。

利用这些新手段，我最初主要把精力集中在探求我们对疼痛的体验上。原因很明显，患者在“浸泡”之类的治疗过程中需要长时间经历疼痛，这是我最关注的。有没有可能减轻这些疼痛？在以后的几年中，我在自己、朋友和志愿者身上进行了一系列实验（应用了冷热水、压力和强声引发的肉体痛苦，乃至股票交易中损失金钱引发的心理痛苦等）来寻找答案。

实验完成后，我认识到烧伤科的护士们都是善良宽厚的好人

（对了，有一个例外），他们对“浸泡治疗”和拆除绷带很有经验，但在如何最大限度地减少病人的痛苦方面却没有正确的指导理论。我不明白，他们的经验如此丰富，竟仍会错误到这般地步。我和这些护士都很熟，我知道他们的行为绝不是由于恶意、愚蠢或缺乏敬业精神。相反，他们只是深受一种固有偏见的毒害，对病人的痛苦缺乏正确认识，而且很显然，他们的丰富经验无法改变这种偏见。

出于这些考虑，一天上午，我非常兴奋地回到烧伤科，详细介绍了我的实验结果，希望能改变护士拆除绷带的方法。我告诉护士和医生们，事实上，采取低密度疼痛治疗的方式，时间会长一些，但病人所感受到的痛苦比高密度短时间的做法要轻。换言之，他们当年如果给我慢慢揭绷带，而不是猛拉快揭，我会少受许多罪。

护士们对我的实验结论从心底感到惊奇，但令我感到同样惊奇的却是当年我最喜欢的护士埃蒂说的话。她承认过去他们对此认识不够，治疗方法应当改进。但她同时提出，研究“浸泡治疗”引发的痛苦还应该考虑到病人疼痛时的叫喊给护士带来的心理痛苦。她解释说，如果护士们是为了缩短自己的心理折磨时间（我的确能常常觉察到他们神情中的痛苦情绪）而采取快速撕扯绷带的做法，或许就是可以理解的。不过最后，我们还是一致认为操作方式应该改进，有些护士从此也开始尝试我的建议。

就我所知，我的建议并没有使很多医院改变拆除绷带的操作方式，但这件事给我留下了特殊的印象。如果说那些经验丰富、对病人充满爱心的护士尚且不能正确理解病人的真实状况，那其他人就同样可能错误地理解自己行为的后果，因此做出错误的决定。我决定扩大我的研究范围，从疼痛扩大到另一类案例——人们为什么会一再犯同样的错误，而很少从中汲取教训。

摘自中信出版社，赵德亮、夏蓓洁译《怪诞行为学》

【作者简介】

丹·艾瑞里，美国杜克大学心理学和行为经济学教授，同时也在该校经济学院、医学院等担任教职，获得过心理学博士及商学博士学位。他的文章经常发表在《纽约时报》《华尔街日报》《华盛顿邮报》《波士顿环球报》等知名报纸上。

他写了一系列畅销书，包括《怪诞行为学：可预测的非理性》《怪诞行为学2：非理性的积极力量》《怪诞行为学3：非理性的你》《怪诞行为学4：诚实的真相》等。

【角色】

讲述人：王自健

你的人生没多少脑洞，只有黑洞

《怪诞行为学》是一本研究“行为经济学”的书，它的英文名字直译过来就是“可预测的奇怪行为”。作者艾瑞里通过大量饶有趣味的实验，去证明人在日常生活中诸多非理性的一面。这种非理性，很怪诞，甚至很疯狂，但人们还在前赴后继地怪诞下去。而这些“怪诞行为”明明是可以预测的，但我们大多数人却往往“身不由己”，深陷其中。

比如，我们在买 25 块钱的钢笔时，为了省 7 块钱可以多跑几公里的路，但是在买几百块一套的西装时，就不会有为了省 7 块钱而跑几公里路的冲动。

为什么会这样呢？艾瑞里为我们打开了脑洞，将人生诸多方面的怪诞行为一一剖析，让我们有一种茅塞顿开之感。最终，你会发现，原来你的一生，竟然没有多少脑洞大开的智慧，有的只是无尽的黑洞。

人人都有自己行为的“锚”

《怪诞行为学》里有一个关于“锚”的概念。比如：我们看到一台57英寸液晶高分辨率电视机，降价卖7000美元。这一标价并不是锚，但假如我们决定出这个价买下（或认真考虑要买），那么这一价格从此就成了我们以后购买液晶电视机的锚。

商家在消费者心中抛出一个锚，即一个先期价格、印象，从而起到心理暗示的作用，消费者从此便以这个锚为购买标准了。

艾瑞里在书中讲了他曾做过的一个实验，简单说来就是，他招募了一批学生分成两组，付费听噪声。第一组付10美分，第二组付90美分。播放完后，艾瑞里让学生们为噪声定价——愿意用多少钱再听一遍。第一组学生出的价格平均为33美分，第二组则为73美分，是第一组的一倍。

由此可见，当一件从未被大众所知的东西被人们初次“锚”定之后，它将影响人们之后的出价乃至对这件东西的印象。我们知道第一代iPhone也是采取的这一锚定策略，小米手机当年1999元的定价也是如此。

我们都有自己行为的“锚”，被商家掌控着，或者说是被我们自己的非理性大脑掌控着。

第一颗纽扣系错了，你能第一时间知道吗？

发生在我们身上的大多非理性行为，我们自己一开始不可能知道。比如现在各大网络购物平台在购物狂欢节时，总是乐此不疲地推出满购活动，“满200返50”“满300返100”，等等。大多数人往往只需买一百块钱的东西，结果还要再多买一百块的，就为了得到那“返 50”“返 100”的美味“馅饼”，毕竟是从天上掉下来的。

可是那多买的一百块钱的东西，真的是我们需要的吗？

我们的出发点错了，却浑然不知。这就如同我们的纽扣第一颗就系错了，可你系到最后一颗才发现。我们的人生有很多行为，一开始就是错的，但只有到最后才不得不承认。

路太通了，你还会选择拐弯吗？

我们为什么有那么多非理性行为呢？

路，不通时，可以选择拐弯，人类有的是智慧；可是路太通了，你还拐吗？“傻瓜相机”风靡一时的时代，多少人乐此不疲地做“傻瓜”，快门一按就 OK；修图软件快捷实用，多少人趋之若鹜，美颜倾城；网上购物节商家狂轰滥炸式的优惠宣传，一波未平一波又来袭，面对分外美丽的价格、花样翻新的折扣，多少剁手党半夜抢货……

这是一个快节奏的时代，不论是商家，或者引你做出有悖常理的非理性选择的人，都给你铺好了“金光大道”，你根本懒得思考，懒得分析。

艾瑞里在《怪诞行为学》里以他独树一帜的提问方式和严谨缜密的思考能力，将日常生活中再寻常不过的小事件，抽丝剥茧，鞭辟入里，一针见血，提醒我们得学会思考，学会拐一个弯，发现非理性的地方。

泼你一身冷水

艾瑞里在书中给我们讲的许多道理，其实都简单得不能再简单，但在现实中，我们都做了糊涂虫。这就像你眼前有许多椅子，但你只有一个屁股。非理性的选择，自然是椅子越多越好，或者听从商家的安排选椅子，却从不在意哪张椅子最适合自己。

《怪诞行为学》狠狠地给我们的人生泼了一盆冷水，我们曾自以为掌控了的生活，原来满是套路，会使我们不自觉地非理性起来。读了《怪诞行为学》才知，那些司空见惯的道理，我们原本都懂，而一读之下，一拍脑门，一身冷汗。

我们应该适时思考一下我们的人生，有多少选择，有多少决定，是受非理性控制的？

一本好书 **名家解读**

陈晓楠：其实这本《怪诞行为学》就是商家的一本秘籍。

吴伯凡：实际上是把商家的一些套路，一些所谓的法宝给你揭示出来了。

史　航：看完这本书之后，理性只体现在一个方面，你说得没错，但是我改不了。

一个乞丐绝对不会嫉妒国王，他只会嫉妒每天比他要到更多饭的乞丐

陈晓楠：《怪诞行为学》里首先提到的一个词就是理性，我们当然认为人类还是有理性的，但这本书瓦解了我们对自己的信心，是吗？吴老师？

吴伯凡：以前我们对人的定义就是，人是理性的动物，这就作为我们人类的标签。现代的认知科学、脑科学、心理学差不多都从这种标签式的定义转向了光谱式的定义。它并不是说人就是非理性的动物，只是说人是有理性的，但是在理性之外还有很多的光谱，就像我们以前看一道光，这就是一道透明的光，等到用三棱镜一折射，就出现赤橙黄绿青蓝紫，还有红外、

紫外，一大堆的东西。而这本书的一个核心的论点，就是我们在做决策的时候，曾一直以为是理性让我们做决策，但它告诉你那些看不见的力量、无形的力量在“塑造”你的决策，所以它的副标题叫“塑造我们决策的隐秘力量”，英文的正标题叫“可以预见的、可以预测的非理性行为”。

陈晓楠：就是说你肯定是要掉到这个坑里的，可以预见的非理性。

吴伯凡：有一部电影叫《头脑特工队》，它就把我们的头脑给还原成了五个小孩，过去我们以为只是有一个在做指挥，但其实你整个的决定是由董事会决定的，而且每个股东每个董事的权力是不一样的。在某些场景下，常常是情绪性的、非理性的那个股东，它具有一票否决权或者说有一票的提议，我说是这样就是这样，而你自己还以为是理性做的决定。

陈晓楠：我们都不知道我们被谁就给控制了。

史　航：看完这本书之后，理性只体现在一个方面，首先投降表示服气，表示认罪，我认了，我是这样，你说得没错，但是我改不了。

陈晓楠：坚决认错，就是不改。

吴伯凡：我提了一个模型，叫三人董事会，理性、欲望、恐惧这三个董事会成员，而且理性在里头的角色叫董事会秘书，基本上是董事长说了什么东西以后，它马上对对对，立即找一堆理由来证明董事长的正确性。但是在别人或者你自己看来，因为它是董事会成员又是发言人，所以老觉得是它说了算的，其实它永远不会说了算。

陈晓楠：只是找一堆材料来证明这个是有道理的。

吴伯凡：有一本书标题叫《钓愚》，愚蠢的愚。商家不管是在股票市场上还是在超市里头，他们都深谙人性的这些弱点，知道你就是不理性的，而且知道你认为自己是理性的，知道你是愚蠢的，但是你不知道自己是愚蠢的。因为有一个效应叫达克效应，说一个低智商的人想知道自己的智商低是不可能的，因为要知道自己的智商低需要很高的智力。

陈晓楠：你会在什么时候特别受比较的影响？

吴伯凡：在人事招聘的时候会出现这种情况，有一天突然来了五个人，前面四个都非常糟糕，突然后面那个稍微好一点点，你就立即觉得就是他了。其实按照正常的标准，你换一种情况，如果前面四个都挺好的，第五个你绝对不会要他。

我们在视错觉实验里头常常会出现这种情况，一个颜色在不同的背景下，它呈现的颜色实际上是不一样的，但我们自己并不知道。还有一个，图形在不同的背景下，显示出的大小也是不一样的。我们经常会受这些东西的欺骗，但是我们又发现不了。

最典型的定价阴谋，看了这本书以后我曾经想过，我要到秀水街去摆摊，就摆三个摊，三件同样的衣服，我轮流来，周一是这个价格，这件衣服报价 1000 块钱，第二个摊报价 800 块钱，第三个摊报价 500 块钱。其实都一样，别人以为是三个摊主，其实是一个摊主。我想今天推这件衣服的时候，就定到 500 块钱，大家比较了前两件贵的衣服以后，发现这件最便宜，大家就买这件，第二天再换过来，我再换一件。

陈晓楠：两个商店是托儿。

吴伯凡：对，卡尼曼说这叫参照系。我们价格的合理性来自我们的记忆，而我们的记忆其实是一个参照系，这个参照系关键在于你碰到了什么，根本和理性的比较没有关系，但是你自己感受到的是一种控制的错觉，你认为是你控制了这样一个选择。

史　航：我觉得好像我平时遇到这种直接能修改篡改我心理预期的，就是电影的档期，比如国庆档、春节档，今年其他片子都很好，有一个期待。但更多的时候是平时你根本瞧不上这部电影，但由于在这个档期其他的都不太好，所以这部只要它是没有错误的、及格分的，你已经觉得它是翘楚。

陈晓楠：我们比较的时候，有一种控制感，觉得自己做了一个明智的选择，但其实往往是痛苦之源。

吴伯凡：人家就是为了让你减少选择困难，因为你买东西的时候其实有两个痛感，一个是价格，你要掏钱的时候很难受，第二个是选择。人家就先给你去掉价格的痛感，他弄一个特别贵的东西往那儿一放，你就本能地躲闪，一躲闪你就觉得把痛感给躲过去了。然后再一比较下来，这个东西是最便宜的，本来如果他直接呈现给你的话，你就会觉得很贵。所以第一个，你支付时候的痛感就被消除了。第二个，去掉了你选择上的痛感，选择上的，只要是正常人一看就知道会选哪个的，这不就跟没的选是一样的吗？这就很省力。

本来人家就定好了这个洞让你钻的，实际上当然你也就钻了，钻了以后你还觉得自己控制了整个决策。就像小孩玩游戏机的时候，大人嫌他烦，他非要跟大人一块玩游戏，就给他一个手柄，插都没插上，小孩在这儿玩得特别来劲，还以为游戏都是他在打，好多时候顾客就是被商家这样操作。

史　航：我就觉得我们有时候会为了躲开一个深渊而掉进水坑，其实这就是一个预先被打的麻药。这个听着好像我们在被算计，但是对像我这样性格不争气的人来说，就觉得，算计吧，你要是划我一刀请先给我打好麻药，打好麻药我就不生你的气。

为什么这样甘心当一个阿斗的形象？因为我觉得其实一切选择都会后悔，而这个商家对你做的事情基本上不会让你感觉到后悔。

吴伯凡：罗素有一句话，一个乞丐绝对不会嫉妒国王，他只会嫉妒每天比他要到更多饭的乞丐，人不会跟自己圈子外的人去比较。

它背后的程序，我们认为是在想问题、做事情，实际上是我们头脑当中已经预置的程序驱使我们在想问题、做事情，不是你在做事，是它在让你做事，但我们认为是我们在做事，在做选择。

陈晓楠：这里面还有一个有意思的，其实解答了我们的一些疑问，比如说富人真的幸福吗？

史　航：富人知道还有其他富人的存在，那怎么能幸福？

吴伯凡：海拔高度和相对高度，你要区分这个东西。青藏高原它本身海拔高度就超过了 5000 米，珠穆朗玛峰 8844 米，并不是从地上从海平面一下就 8844 米，实际上它只有 3000 多米，就是相对高度高。这就理解了富人他到底幸福不幸福，我们觉得他是富人，是他的海拔高度跟我们相差太大，但是他周围有很多的跟他差不多的相对高度，珠穆朗玛峰比别的峰也就高那么一点点，但是它就是第一。我估计其他的那些峰如果有意识的话，它们也会一直很痛苦。

陈晓楠：有的时候就是差的那一点点，会覆盖掉他已获得的东西带给他的满足感。

吴伯凡：他只考虑相对高度，就会让已有的东西完全归零。

我们心里的锚是忽高忽低的，完全受外界影响

吴伯凡：我觉得这个世界上最不稀缺的就是那些稀缺的东西，永远会有人制造稀缺的。

陈晓楠：我是怕不买后悔，它真的没了。

吴伯凡：以前我看过一本书叫《影响力》，书里举了一个例子：兄弟俩开一家服装店，一个扮成聋子，专门负责卖衣服，另一个负责收钱。他们隔着一段距离，当你去买衣服的时候，你问这件衣服多少钱，扮成聋子的这个人，他装作不知道，就问收钱的哥哥，这件衣服多少钱？哥哥说 45，他一听，说 25，这个买衣服的人马上就会交钱。实际上那件衣服你砍砍

价，15 块钱就可以买。

陈晓楠：这一出大戏，太聪明了。

吴伯凡：这里头实际上也涉及什么免费，什么稀缺，因为你很难碰到这样听错报价的情况，这是不是稀缺？而且中间他说了一个 45，结果降到 25，中间这 20 块钱好像就已经给你了，你不抓住这个免费的机会就没有了，所以你马上就买。

陈晓楠：我们心里的锚是忽高忽低的，完全受外界影响。

吴伯凡：完全是被别人操纵的。

陈晓楠：它这里面还有一个说法，就是一件事情，它最先给你的印象会界定你心里的锚。

吴伯凡：三流的企业卖产品，二流企业卖品牌，一流企业卖标准。所谓卖标准就是重新建立一个锚，让你的整个定价体系、你的参照体系发生混乱，你原有的参照系根本就没法儿用了，又给你弄了一个新的，所以你就乖乖就范。我们经常说要打造品牌，其实比品牌更重要的就是设定锚那个标准。

陈晓楠：书里还说到很多事情越免费你越愿意做，比如以前的论坛、博客，现在是不是也是这样？

史　航：其实我自己的亲身经历就是，我这两年一直在搞一个剧场里的朗读会，但我每次约所有的人，我永远不会说我给你多少钱，一分钱没有，你打车来也行，怎么来都行，最好别坐飞机，最好你在北京。因为不许发生费用，我没法报销，因为我也不卖票，都是让人免费来看的。

这种见人不见钱的模式会比较长远。为什么？我只要这收你一块钱，我给那些嘉宾多少钱，我请的很多人都是一线的演员之类的，用的妆化可能一小时几万，我怎么给得起？我只能一分钱不给来领情，给了一分钱就证明我根本给不起，而且低估了人家价值，伤害了人自尊心，肯定不再理我了。

吴伯凡：有钱难买乐意，这是两个锚，就是乐意归乐意，钱归钱，你这两个东西搞到一块儿就不行。

《怪诞行为学》就是商家的一本秘籍

陈晓楠：这本书里提出了几个我们自以为聪明的地方，比如说给你一个东西免费试用多长时间，我们觉得赚了，但实际上在这个过程中，你又产生了某种难以抑制的情感。

吴伯凡：这其实是一种叫作禀赋效应的东西，就是人对于自己不拥有的东西的价值往往是低估的；对于自己拥有的，他就会拔高这种价值。

比如一个很著名的杯子实验，把人分成两组坐在教室里头，事先告诉A组说，今天你坐在座位上，那个杯子发给你们，归你们所有，B组就没有被告诉这个信息，只说你们可以用这个杯子喝水。然后问两组人，你们觉得现在这个杯子值多少钱？同样的杯子，A组给出的价格差不多是B组给出价格的三倍。因为这个杯子它已经是自己的了，我这个价格实际上是我要卖多少钱，这就叫禀赋效应。

史　航：叫人站到了自己的对立面，冲自己抬价，说这个杯子你刚才拿那一会儿，那是你一段时光，陪伴过你，你的时光那么不值钱？所以它就帮你加码。我们看法国童话《小王子》，小王子就说这么多的玫瑰，你只给这朵玫瑰浇过水，对你来说它跟别的玫瑰不一样。

陈晓楠：其实这本《怪诞行为学》就是商家的一本秘籍。

吴伯凡：实际上是把商家的一些套路，一些所谓的法宝给你揭示出来了。刚才讲禀赋效应有一个最典型的例子，就是我们家里总有好多东西不愿意扔的，这种思路它就提供了一个方法，现在你想象这些东西是别人家的，你要花钱买，你愿意花多少钱？比如说一件破旧的、已经五年没穿的大衣，假如是别人家的，你愿意花多少钱？

陈晓楠：看了这本书会让咱们精进，境界提升。

吴伯凡：我们还是会犯错，错误不是跟我们在较量，是跟我们包含的人性在较量，我们永远是玩不过它的。但是有一点，我们知道了一些思维背后的运作机制以后，你确实能有所觉知，至少你知道你在犯傻。

陈晓楠：看来还是人类的大脑最聪明。但是不管怎么说，我觉得这本书很有意思，它还是给了我们一个拔升的角度来看我们自己。

吴伯凡：至少能给我们提供某种幽默感，某种自嘲的勇气，不把自己看得那么聪明。这样有时候你不一定能够少受骗，但是可以变得可爱那么一点点。

陈晓楠：而且有意思的是，正是因为我们区别于其他的动物，我们成了高级动物，我们才有了很多属于我们高级动物的小九九，才开始有了犯傻的行动。人类不管多么智慧，毕竟不是完美的，这个书给了我们一个特别有趣的角度来看待我们自己。

关正文：身外之物

丹·艾瑞里的这本书，本来是一部客观中性的研究著作，原来书名的直译，应该叫《可以预见的非理性行为研究》，它封面上的提示语是“决定我们选择的隐秘力量”。翻译者把书名变成了更富有感情色彩的《怪诞行为学》，突出了人类非理性行为的荒诞性，既准确又俏皮，让人喜欢。

传统经济学是建立在人是理性动物的前提之上的，经济学家假定人类具有趋利避害的理性本能，可以冷静地做出对自己相对有利的选择。《怪诞行为学》的观察结果是相反的，作者发现在特定情况下，人类注定会做出并非对自己有利的选择。

丹·艾瑞里宣布：人人都是非理性的动物。这在持论公允的人看来显然是太过极端了，更多的人会习惯性地把这一现象说成是一枚硬币的两面，然后貌似辩证而全面地宣布：人是理性的动物，但也有非理性的一面。但在我看来，这句话说了等于没说，这种表述既曲解了理性，也曲解了非理性。

仔细看看艾瑞里的研究案例，你会发现他说的其实是人类运用理性时的缺陷。比如节目中的第一个案例，说人类在选择消费品的时候会进行价格的比较。商家摆出了三件商品，超大屏幕超贵的彩电，大屏幕但是不贵的彩电，以及小屏幕但是没便宜多少的彩电。我们当然会选择屏幕又大价钱又不贵的，决定这件事的是我们的理性。但艾瑞里宣布，这个屏幕又大又不贵的彩电恰恰就是商家最想让我们买，而且是他利润最高的产品。拜托，这不是我们的非理性，这已经是对我们自己最有利的选择了。按照中国的俗话说，这叫“买的没有卖的精”。我们的确会按照商家的指示灯行进，但上道和上当毕竟是两回事，我们真的已经尽力了。

艾瑞里真的应该来中国看看直播带货和粉丝经济的盛况。数千万消费者会仅仅因为喜欢一个人，就去买他或者她推荐的东西，无论自己是不是真的需要，无论价钱是不是真的公道，因为爱，所以买，情感是非理性的、乐于牺牲和奉献的，把情感和消费决策放在一起，不顾一切地买、买、买，这才是真正的可预见的非理性呢。

艾瑞里说我们最爱表现出的攀比是非理性的。比如，我们不会去跟马云比，却总是爱跟同学比、跟同事比、跟老婆的姐夫比，我们总是爱嫉妒身边成功的人，给我们涨了工资我们也不知足，因为还有同事比我们的工资更高，这显得我们又小气又非理性。但实际上，这恰恰是我们理性的表现。因为跟马云比财富，我们注定是失败者，一点成就感都没有，如果我们为此痛不欲生，那才是真正的非理性呢。

艾瑞里真正让人无语的例子，是黑珍珠的故事。白珍珠当道的时候，丑陋的黑珍珠没人要。一个聪明的商人把无数钻石镶嵌到黑珍珠的周围，做出了全新的首饰，摆到纽约最高档的珠宝店橱窗里，定出了绝高的价钱，在顶级时尚杂志上打出广告。一系列骚操作之后，黑珍珠身价暴涨，消费者趋之若鹜。这的确是非理性。

当然，有关钻石的故事也是同一个套路。当钻石还叫金刚石的时候，它只是切割玻璃、钻穿金属的工具，随着金属材料科技的进步，钻石没用了——不是因为价格贵，就是真的不好用了——这时候，有人发明了一句口号，说“钻石恒久远，一颗永留传”，说钻石象征着婚姻的永恒，于是全世界的情侣没钻石就没法结婚了。这也的确是非理性。

很多日常中的例子同样如此：满满一大盆鸡肉卖不了几个钱，拿出三五块儿装到小罐儿里，旁边撒点不能吃的花花草草，立刻身价百倍；医生给你开了 5 毛钱一片的药你觉得不管用，50 块、500 块一片的药你就觉得灵光；一瓶酒装到普通玻璃瓶里就卖 10 块，装到造型瓷瓶里加上三层包装卖 1000 块你喝着就舒坦；时装包，同样款式没 logo，一百块你也不买，安上 logo，10000 块，你不但心驰神往，而且觉得每一个针脚都是那么细腻。

艾瑞里说得对，我们真的是非理性的动物。我只想补充一句，看看上面这些案例，我们在非必需的消费品追求上，集中体现了可预见却无可救药的非理性。或者换句话说，今天的人类社会，在解决了基本需求的所有区域、所有群落之中，非必需品的生产、营销和消费，是所有非理性表现的根本原因。

人类的生产已经远远超过了基本生存所需，这是最大的非理性。

今天的所谓创新，本质上是在原本没有需求的领域创造需求，然后再耗费大量资源去满足这个被创造的需求。住房是人类的基本需求，但豪宅是被创造的需求。鞋和随身挎包是人类的基本需求，但几百双鞋、几万块钱的包就是被创造的需求。人类今天的经济总量，绝大部分都是由被创造的非必要需求创造的，地球资源更多地消耗在了人类非必要的需求满足之中。想想今天人类生活的场景吧：每个人都在绞尽脑汁拼命地创造新需求，拼命贩卖新需求，然后用贩卖所得去满足自己被别人创造的新需求。所谓豪宅，就是没用的空间更大、没用的装饰更多；所谓事业成功，就是你创造了新的需求并且把它变成了钱；所谓人生成功，就是你比别人占有的非必需品数量更大、耗用资源更多。我们悬挂在意义之网上，所谓时尚的、现代的无数标准，本质上就是非必要需求通过文化的公约变成了必需品，这是人类集体从理性的源头开启的最大的非理性。

如果所有最新被创造的需求实际上都是非必需品，如果你无法从根本上回归理性，那就别在乎商家的小技巧了。只要你买了，你就是非理性的。问题是，你总会认定你买的是必需品。这种非理性不但可预见，而且根本停不下来。

一本好书

第九本书 × 红字

红字“A”到底是什么？

是秘密，使一个人区别于另一个人。

《红字》是美国19世纪浪漫主义作家霍桑的长篇代表作，1850年一经问世，便引起巨大的轰动，因描写通奸罪、三角恋及性爱，一度被列为禁书。

该书讲述了一场发生在北美殖民时期的恋爱悲剧。年轻貌美的海丝特不顾世俗争议，与牧师丁梅斯代尔相爱并生下一个女儿，因此被戴上代表了“通奸”的红色“A”字示众，从此被钉在罪恶的耻辱柱上。她用尽一生，把红字“A”变成了光明、受人敬畏的象征，谱写了一首不屈服于世俗压迫的爱情颂歌。

这部不朽的经典传递出了太多的现实意义，它不仅揭露了19世纪资本主义发展时代美国社会法典的残酷、宗教的欺骗和道德的虚伪，也警醒着世人该如何探寻且维护爱情的真谛。

“A”是“adultery”，代表通奸；“A”是“able”，表示能力；“A”还是“angel”，一个天使。当我们被贴上备受争议的标签时，也要像海丝特一样，始终保持着自己的高尚、纯洁、智慧、坚韧，坚信勇气和战斗一定能够撬开原本就不合理的枷锁。

一本好书 精彩书摘

“各位太太，”一个其貌不扬、五十岁上下的女人开口道，“要我说呀，为了大伙儿着想，海丝特·白兰这样的破鞋就应该交给我们来处置。一来我们成熟稳重，二来大家还是声誉良好的教会成员。姐妹们，你们怎么看呀？尊敬的治安法官的判决太宽仁啦，要是让咱们五个来审判那荡妇，她会这么轻松过关？哼，绝不会！”

“听人说，”另一个女人接话道，“尊敬的丁梅斯代尔教长，就是她的牧师，对自己教区中竟会出现这样的丑事深感痛心。”

“治安法官都是虔诚的绅士，但心地过于仁慈，这是事实。”第三名中年妇女补充道，“他们至少应该用烙铁去烫海丝特·白兰的额头呀，我敢说海丝特女士会痛得龇牙咧嘴。但她——她这种下流烂货——才不在乎他们在她长裙胸口上放的那玩意儿呢！嗨，等着瞧吧，她会用胸针或者什么异教饰品挡住那玩意儿，继续堂而皇之地在大街上走来走去！”

“嗯。可是，”一个牵着孩子的少妇柔声插话道，“就算她可以把那印记挡住，心里的痛苦却永远也抹不掉啊。”

“什么烙铁印记，什么胸口额头，咱们说这个干吗？”另一个女人厉声道，她是这群自封的法官中最丑陋、最冷酷的家伙。“这女人让我们所有人都丢了脸，她应该被处死才对。难道就没有法律惩治她这种人吗？《圣经》和法典里肯定找得到，治安法官却有法不依。等他们自己的老婆、闺女走上邪路，那才有的受呢！”

“拜托，太太！”人群中的一个男人高喊道，“除了对行刑台心怀畏惧，女人难道就没有别的德行啦？你说话也太狠毒了！嘘，静静吧，姐妹们。牢门正在开启，白兰夫人就快出来了。”

牢门从内打开，首先现身的是一名面目狰狞的教区牧师助理。他腰挎宝剑，手持权杖，如同进入阳光下的一道黑影。此人的外貌预示并象征了沉闷而严厉的清教徒法典，而他的职责就是对违法者施以最终的、最直接的惩罚。他伸出握住权杖的左手，右手放在一个年轻女人的肩膀上，将她拽着前进。女人不断反抗，动作中既显示出与生俱来的尊严，也透着倔强的性格，直到门槛边才放弃挣扎，仿佛自觉自愿似的走出牢门。她抱着一个孩子，约莫三个月大，正扑闪着眼睛，转开小脸，躲避强烈的阳光。在这之前，孩子双眼所熟悉的，只是幽暗的地牢，或者其他昏沉沉的牢房。

年轻女人——也是孩子的母亲——完全进入公众视野时，首先下意识地将孩子紧抱在胸前。这不仅是出于母亲对孩子的呵护，而且她还试图通过这个动作掩盖某种缝在或系在长裙上的标志。但女人很快明智地意识到，用一个耻辱的象征去掩盖另一个的做法是徒劳的，于是她将孩子搂在臂弯，满脸通红，露出高傲的微笑，用从容淡定的目光扫视镇上的居民和邻居。在她的长裙胸口上，赫然缝着一个用红布做成的字母“A”，周围则饰以金色丝线绣成的精致花纹，手工十分精巧，花饰极尽繁复，作为长期佩戴在她身上的饰物，实在再合适不过。以当时的审美趣味而言，它堪称光彩夺目，但却严重违背了殖民地严禁奢侈的法令。

年轻女人身材颀长，体态非常优雅；浓密的深色头发那么亮泽，太阳一照，闪出一道光芒；她的脸五官匀称，而且肤色莹润；令人尤其难忘的，是她的两条秀眉和一对深邃的黑眸子。她还是一位淑女，举手投足尽显当时女性的优雅风范。她身上散发着某种尊严和高贵，而不是现在被视为淑女标志的柔弱、纤细和难以形容的温文尔雅。就当时对淑女的理解而论，海丝特·白兰走出牢门之时，乃是她最像淑女的一刻。那些认识她的人本以为，她遭此大难会黯然憔悴，没想到她竟然如此光彩照人，就连笼罩着她的不幸和耻辱都变成了耀眼的光环。不过，敏感的观察者或许会发现，她的外表之下隐藏着微妙的痛苦。现在这身衣服其实是她在牢里根据自己的想法缝制的，而这疯狂而美丽的独特装扮，折射出她的精神状态，以及她是如何的绝望和鲁莽。但最吸引众人目光、令佩戴者最与众不同的，却是缝在她胸口的那个闪亮而精美的“红字”。就连与海丝特·白兰相熟的男女都不由得为之惊诧，就像今天才与她初次见面一般。那个字母宛如一道魔咒，让她脱离凡人之列，置身于只属于她的空间之中。

“她的缝纫功夫不错，这点可以肯定。”一名女性观众评论道，“但除了这无耻荡妇，有哪个女人会挖空心思地显摆这点能耐呢！姐妹们，她这不是在公开嘲笑敬爱的治安法官吗？尊贵的先生们处罚了她，她反倒引以为荣。”

“叫我说啊，”最铁面无情的那个老女人嘟哝道，“要是把海丝特女士的华丽长裙从她的娇嫩肩膀上扯下来，那才痛快。至于她缝得稀奇古怪的那个红字，我倒愿意给她一块我犯风湿时裹的法兰绒布，做个更好的！”

“哦，安静，街坊们，安静！”女人中最年轻的那名同伴压低声音说，“别让她听见你们！她缝的那个红字，每一针都扎在她心上啊。”

面容狰狞的牧师助理挥舞着手中的权杖。

“让开，良民们。我以国王的名义命令你们让开。”他高喊着，“让出一条路来。我向你们保证，从此刻开始到下午一点，白兰夫人都会被安排在大家看得清楚的地方。男女老幼都可以瞧瞧她这身漂亮衣服。愿上帝保佑正义的马萨诸塞殖民地，将所有邪恶暴露在阳光之下！来吧，海丝特女士，到市场上去，露出你的红字！”

摘自果麦文化，汪洋译《红字》

【作者简介】

纳撒尼尔·霍桑（1804—1864），美国心理分析小说开创者，19世纪浪漫主义文学代表人物。霍桑出生在一个笃信基督教清教的破落贵族家庭，因深受原罪意识的影响，他的作品常常表现出人皆有罪恶的倾向与希望人心向善的愿望，擅长运用象征、隐喻等艺术手法。

其代表作有《重讲一遍的故事》《带有七个尖角的房子》《多里沃传奇》《红字》等，其中1850年出版的《红字》，使霍桑被评论界称为“出生于本世纪的最伟大作家”，继而影响了美国文学史上一批卓有成就的作家，如福克纳、菲兹杰拉德、海明威等。

爱伦·坡称他的小说“属于艺术的最高层次”，是“一种唯有最高级别的天才方能驾驭的艺术”。

【角色】

海丝特：吴优

罗杰：海一天

丁梅斯代尔：喻恩泰

主教：巩金国

镇长：赵坤

一个“A”，一扇狱之门

真想从第一章《狱门》开始，就撕掉海丝特·白兰胸前血红的“A”字，让那座与罪恶息息相关的监狱，那文明社会的黑花般的监狱门旁，一直开着精致的宝石般的玫瑰花……

海丝特就是从这座“黑花监狱”里抱着三个月大的珀尔走了出来，然后面对着街坊们的冷嘲与热讽、鄙夷与唾弃，被送上绞刑台罚站示众。

她，海丝特，犯有通奸罪，胸口衣襟上绣着一个代表通奸的鲜红的“A”字。海丝特嫁给了又老又丑的奇林沃斯，在移民波士顿途中，她的丈夫失踪，海丝特从此过着寡居的生活。后来她与牧师丁梅斯代尔相爱，并生有一女。海丝特一直拒绝说出情人的名字，那是她在虚伪的宗教教义强压下傲然的心气。

那个“A”字，是耻辱的符号，撕不掉。海丝特知道。所以海丝特不会撕掉，但她极具华美匠心，用金丝线精心地为这个“A”绣了奇巧的花边，使之成了佩戴在衣服上尽善尽美的一个装饰，艳丽而富有情趣。

这比撕掉更加叫人震撼啊。可是正如海丝特的街坊所说，她绣的那个字，即使再美，针针线线全都扎到她心口上。

虽然从监狱之门走了出来，获得了自由。但，一个“A”，是一扇看不见的“狱之门”，将海丝特关了一生。

优等的心不华丽，但一定坚韧

海丝特自然只能背负道德的枷锁，被人唾骂、鄙夷，但是她看到人性的脆弱与渺小，更明白，美丽的心灵是有光芒的，她以自己的生存方式，与整个世界，与整个道德社会抗争，也与自己的命运抗争。

当然，海丝特的抗争，并非是以恨以怨对抗，相反，她很平静地生活，不论面对多少嘲讽与恶意，她一如既往地热心帮助别人。瘟疫肆虐时，她忘我工作，渐渐地，她的美德，竟然让大家认为“A”是美好的象征。

“红字就是她的护照，使她进入了别的女人不敢涉足的领域。羞辱、绝望、孤独！这些都是她的教师，严厉又粗野的教师，它们已经使她变得坚强……”

是啊，一个“A”决定不了人的一生，羞辱不能，绝望不能，孤独不能！人活着的价值，需要自己去争取。所谓自我救赎，原来并非宗教能施予，而是靠自己的坚韧获得。

苦难时能自立，受辱时能负重，弃怨恨还德报，海丝特有一颗优等的心，不华丽，却那么坚韧，让人肃然起敬。

她傲然，还世俗以跋扈的冷艳；她从容，予人以善意的温暖。她经历着动荡的人生，却活得不动声色；她被关在道德的“黑花监狱”里，却活得明艳又妩媚。

一座绞刑台，你愿和谁站在一起

在《红字》中，海丝特的情人，那个受人尊敬与爱戴的牧师丁梅斯代尔，一开始一直是软弱的。他不敢站出来，他不敢走向绞刑台，走到海丝特与珀尔的身边。他拯救过无数人的灵魂，却迷失了自己的。他日日受着灵魂的煎熬，一颗忏悔的心，终是画地为牢。

丁梅斯代尔是可怜的，也是可悲的。他苦苦挣扎，煎熬七年，最终走上了绞刑台，接受审判。他扯开法衣的饰带，露出了红字“A”，承认了自己所犯的罪责，然后就死在了海丝特的怀里。丁梅斯代尔终于完成了道德与灵魂的净化，完成了自我救赎。

一座绞刑台，你愿意和谁站在一起？我的答案是，爱。

但可悲的是，其实丁梅斯代尔走上绞刑台，更多的是因为他忍受不了灵魂的煎熬，他无法再虚伪下去，他需要净化自己，需要救赎自己。他是和道德站在一起。

而海丝特从一开始便走上绞刑台，她是和三个月大的珀尔在一起。珀尔是她爱的结晶，更是她的“红字‘A’”。所以，她是与爱站在一起，和耻辱站在一起。

看世界的窗口很多，看你站在哪一扇前

海丝特的丈夫奇林沃斯，在一开始海丝特接受审判时，就目睹了那一幕，他下决心要查出真相，洗刷妻子的不忠带给自己的耻辱。后来，他以医生的身份接近丁梅斯代尔，并一步步地实施自己的报复计划，最终越陷越深，以折磨丁梅斯代尔为活着的乐趣。他认为，这样罪恶的行为，是在抹消他的耻辱。

而当丁梅斯代尔死后，奇林沃斯也一下子从罪恶的顶端跌落下来，很快也死了。

一桩罪，三个人，三种命运。其实他们三个人各有各的“红字”，各有各的罪，各有各的救赎。

当然，他们也各有各的“黑花监狱”，每个人的“监狱”都有“窗口”，而且不止一个。有的“窗口”能看到美好、善意与温暖，有的“窗口”能看到自我的丑陋与虚伪，有的“窗口”能看到无尽的黑暗与罪。一个“窗口”，能看到一个世界。

面对人生，我们看世界的窗口很多，就看你愿意站在哪一扇前。

一本好书 名家解读

吴伯凡：读《红字》的时候，就像把人心悬在胸口，挑着盏灯笼往里看，看人的内心世界到底有什么。

史　航：心怀邪念越重越深的人，他们就越容易表现出这种凌驾于别人痛苦之上的道德感。

陈晓楠：红字“A”，一开始代表了血腥的罪恶，后来代表生命力，代表热情，代表人间的温度。

人性是条幽暗的长河，而他们注定要跨河

陈晓楠：《红字》是在19世纪中期问世的一本书，与我们相隔近两百年了，时代背景也浑然不同，那么我们现在读这本书的意义是什么呢？或者说，它对现今的我们有着怎样的影响力？

吴伯凡：霍桑写这本书的时候，他也是往前追溯了大概两百年，这说明一件事，它代表的就是人性这条幽暗的长河，你从下游往中游、上游走，这是一个不可避免的旅程。霍桑的祖上有一位法官，这位法官曾经给很多道德上不检点的人判过死刑。其中最特别的一个案子，一口气判决了19个妇女死刑。霍桑的这位祖上可以说是很威风了，然而他的子孙开始有了一

种忏悔之情，他开始思考，这是为什么呢？人的内心到底藏了什么我们看不见的东西？所以才他写下了这本《红字》。读《红字》的时候，就像把人心悬在胸口，挑着盏灯笼往里看，看人的内心世界到底有什么。这种小说特别狠，就像《复活》《安娜·卡列尼娜》一样，但又跟《简·爱》不一样。《简·爱》火，是因为我们都愿意暴露自己是简·爱，愿意告诉大家我是个有原则的人。而《红字》中的海丝特，却是一个做了大错事的人，以后也不见得会有人瞧得起，作为读者，这样的人很难被代入。大家只会远远地看着，保持着距离。所以分析这样一本名著的时候，我们很难轻率地对它进行概括，但我们又心知肚明，这样一个人不可能跟我们毫无关系。

陈晓楠：它讲述的不仅仅是一个婚外情的故事，也不仅仅是一个爱情故事，它关于道德，关于勇气。其中的每个角色都在面临自我的审判，陷在一场巨大的纠葛里。

吴伯凡：《红字》和《复活》还蛮像的，主人公都是一个站在审判席上，一个被审判，而且被审判的那个人还和自己有关。聂赫留朵夫最后勇敢地站出来了，跟玛丝洛娃一起被流放，甚至还和她结了婚。而丁梅斯代尔站在审判席上，却劝说海丝特招供出与她通奸的那个人，可笑的是，那个人就是他自己，但是他没有勇气站出来。原本从这一天起，丁梅斯代尔和海丝特应该拥有同样的命运，但因为丁梅斯代尔的懦弱，一切都变得不一样，海丝特要一个人站在那儿，承担所有的一切，她要一个人扛下三个人的痛苦，其中还包括他们俩的孩子的。

小说的末尾，海丝特已经改变了她在世俗眼中的形象，她胸口那个代表“通奸”的血红色的“A”字的意义也不一样了，然而丁梅斯代尔还是没有站出来，他走向了深渊，走向了地狱，他倍受折磨。除此之外，书中还有一个很重要的角色，他像个魔鬼一般，总是穿着一身黑衣服，内心比他的衣服还要黑暗，他常常在阴暗的角落里，在树林里、屋子里，在深夜里，时不时像幽灵一样出现，这个人就是海丝特的丈夫。

史　航：罗杰·奇林沃斯。

吴伯凡：对。这个故事其实特别简单，事关四个人，你要说它是一个关于勇气的故事，的的确确也是，如果背后再推演一下，还可以说是一个关于救赎的故事。

陈晓楠：海丝特、丁梅斯代尔、罗杰织成了一张三角关系的大网，我们可以从中看到人性无数个复杂面。尤其是丁梅斯代尔，他是最为复杂的一个角色。

吴伯凡：丁梅斯代尔有着一张非常端正的面孔，但是站在审判台上的时候，他的目光又是非常闪烁的。这两者结合在一起，我们可以把它理解为正义的愤怒，也可以理解为一种虚弱的逃避。在我们看来，他说每一句话，都是在戳自己的心，仿佛在用枪口瞄准着自己，但是他又是在履行自己的职责，只是这种职责能刺穿他的心脏、灵魂。这个故事发生在新英格兰，新英格兰是北美殖民地，比老英格兰还腐败、保守。到了一个新移民的国度，他们可以誓死捍卫从前的传统，也要茫然面对眼前的未知。这个时候的他们，本身就是惊魂未定的，容易把周围的一切都看成是魔鬼的诱惑，而他们亲手做着比魔鬼还残忍的事情，这是很极端的一个环节，属于哥特式的环节。

史　航：书中有很多反讽的人设。世人眼中的荡妇海丝特，始终在守护自己心中的那片光明，而那些代表着正义的教会，在后面越来越显示出邪恶的一面。海丝特的丈夫罗杰，他是一个医生，表面上救死扶伤，背地里却在迫害人的灵魂。我认为这是霍桑对新英格兰新教的一种反省，最有意思的是，当我们看这个故事的时候，有一种似曾相识的感觉。基督教最早有个故事跟这个挺相似的，一个叫马利亚的少女在出嫁之前怀孕了，生了一个孩子，这个孩子是圣灵的感应，圣灵借他的肉身投胎来到了世间，上帝还跟马利亚的丈夫约瑟说你不要把她休了。但是当这样一个故事在《红字》中出现，当一个女人抱着一个不知道父亲是谁的孩子，熟悉罗马天主教的人一定会想到一个画面，就是西斯廷圣母抱着圣婴，《红字》中还专门提到了这点，霍桑生怕读者不知道他要做这样一组对比。

红字“A”的意义，取决于你的内心

陈晓楠：《红字》中有很多母题放到现在这个时代，也是值得我们深思探讨的，比如人的本能欲望与道德、法律之间的冲突。比如海丝特和她的丈夫之间没有爱情，海丝特要何以为继？

吴伯凡：海丝特和她的丈夫有年龄的差别、地位的差别。罗杰是个老学究，成天只知道沉浸在书里，年龄差也导致他们之间存在代沟。而且有一个谣传是，罗杰去世了，海丝特几乎是一个被确定的寡妇，所以她的人生并不需要守望丈夫的归来。

史　航：因为发生了一场海难，无人生还，大家都觉得罗杰可能已经死了。如果那个时候法律体系足够完善的话，海丝特可以在报上登一个声明，诸如“你多少天不来法庭受理，就宣布离婚有效”这样，但是那个时候没有这样的机制。当时的教会既代表道德又代表法律，只是因为在那样的情况下，海丝特的行为变成了非法的、邪恶的。然而教会还不忘标榜自己的仁慈，说并没有让她死，只是让她站在那儿示众。

陈晓楠：从这儿我们可以看到海丝特的个性，她平静地站在审判台上接受所有人的羞辱，还拒不交代与她通奸的人是谁，足以看出她对爱情的大胆追求。

吴伯凡：海丝特有一个动作，她本来是用孩子挡住自己胸口的那个红字，结果发现大家因此死盯着自己的孩子看，她又挪开，露出红字。在她后来的岁月里，只要她走在街上，就会有人盯着她胸口的红字看，本来以为老这么被看着，她的胸口会长出老茧，没想到那里变得更加皮薄肉嫩，更能感受到人的目光像烙铁一样灼伤着自己。那些乡民还对此议论道，“光这样绣个红字怎么行，应当用烙铁烙上”，大家的态度为什么这么狠呢？他们就是要证明自己的道德，就是要跟不道德的人划清界限。所以我们的主人公一开始出现的时候，是所有人的高光时刻，大家都恨不得使出浑身解数去控诉她。

史　航：人们之所以会举行盛大的节日，就是因为大家内心有各种各样的罪恶感，只是没被发现。这个时候出现了一个罪恶的人，大家首先会感到侥幸，庆幸不是自己，然后他们通过对那个人的鄙视，来展现自己道德高尚的姿态。所以心怀邪念越重越深的人，他们就越容易表现出这种凌驾于别人痛苦之上的道德感。

陈晓楠：这种示众是大家的狂欢。

吴伯凡：它其实相当于给自己上了一个保险——我当初可是跟她划清界限了，你看我把她踹倒在地了，你看她身上有我的鞋印了。那种越没有安全感，越是伪善的群众，越是有这样的心态。

陈晓楠：海丝特能在这种“狂欢”中挺过来，真的非常强大。

吴伯凡：她不仅仅是挺过来了，她最后还感化了那些朝自己吐口水的人。

史　航：红字“A”从一个代表着通奸“adultery”的意义，变成了“able”，后来又变成了“angel”。大家说她很能干，说她是一个天使。在瘟疫流行的时候，她奋不顾身地去抢救病人，而那些所谓道德高尚的人却是畏缩的，她总是给别人提供各种各样的物质上的、精神上的帮助，包括刚开始的时候，别人看见她，就朝她吐口水，骂一些非常难听的话，她始终表现出一种非常善意的、忍耐的姿态，绝不怨恨，正是因为她这样一种姿态，人心开始慢慢被感化。

吴伯凡：当她意识到别人开始用善意的目光看她的时候，她仍然会很谦卑地把头低下来，很有负疚感地让人先走过去。当别人对她说了句很善意的话的时候，她也不敢抬头，只会低低地说一句谢谢，她花了七年时间，完成了一场救赎，完成了一场精神上的越狱。

陈晓楠：我们每个人都会面临罪与罚、善与恶、欲望与束缚这类问题的考验，也就是说，我们每一个人的胸口都可能被刻上红字“A”，我们每个人都可能站上一个审判台。如果我们置身在这样的场合下，我们会如何选择？

史　航：这个“A”呢，一开始代表的是邪恶，后来海丝特凭借自己的行为举止实现了救赎，而许多人也因为她的善举，变得充满善意，所以“A”字才会从一开始的邪恶变成能干、天使的象征。而且“A”字还象征了好几种场景，其中一种场景是这样的，据说黑夜有一颗彗星滑过天空，正好滑出了一个“A”字的箭头形状，而那一天恰好是原来的总督大人去世，人们便说，他到天国去了，他是天使，所以天空出现一个“A”字就代表了天使。实际上，每一个人心中处于一个什么状态，你看到的红字“A”就代表了什么。

陈晓楠：包括它的颜色也是，红字“A”，一开始代表了血腥的罪恶，后来代表生命力，代表热情，代表人间的温度。

史　航：丁梅斯代尔的胸口也有一个红字，有人说是烫出来的，也有人说是因他内心的忏悔而形成的，总之那是一个隐秘的、隐藏的红字。还有一个活生生的、活蹦乱跳的红字，是海丝特的女儿，她每天穿着红色的衣服，她叫Pearl，是珍珠的意思，它的含义是“苦涩成珠”，也就是说，巨大的苦难才产生了这么一个纯洁的小孩。

在这场心灵的博弈里，没有赢家

陈晓楠：在这段三角关系里，存在一种心理上的博弈，因为他们每个人都有不同的性格和人格，其交锋可见惊心动魄。尤其是丁梅斯代尔，他的内心饱受前所未有的煎熬，对吧？

吴伯凡：这里面有个很有意思的点，罗杰和丁梅斯代尔的交锋既汹涌又不动声色，好像在你根本没有看到的情况下，他们就把匕首推到对方的喉咙处了，然后另一个人再在无意中推回。为什么说它是一部心灵小说？正是因为你也分不清谁是昨日之罪犯，谁又有可能成为明日之罪犯，谁是自封的法官，谁又真正有资格当法官。我们作为读者，看不出来，这就是一部作品的伟大之处，它让你不知道站哪边才对，这一刻你同情这一方，下一刻可能就被人掰到另一方去了。

陈晓楠：没有一个简单的答案可以解释这件事情。

吴伯凡：我甚至在想，如果海丝特此刻在场，她知道这两个男人的身份，她心里会怎么想？我想她一定不希望自己的丈夫罗杰赢，但是对于自己的情人丁梅斯代尔，她肯定想看看他内心到底藏着什么，有没有我，有没有他为自己烙上的红字。

陈晓楠：那么丁梅斯代尔的内心到底藏着什么呢？

史　航：他觉得一个人的罪恶不应该由人来审判，这是基督教最早的一个信念。你怎么论断人，人们就怎么论断你，谁有资格审判别人呢？所以他在等上帝最后的审判日。在这个世间，他能不能审判别人，这一点他也不确定。普通人找他倾诉，是因为他是牧师，而牧师代表上帝。他自己也说了，有些人杀了人，都会去找他倾诉。所以他站在这个位置上，他找不到一个可以告诫可以忏悔的人。另外，他很爱惜自己在这个城市中所处的位置，当他动摇的时候，他会开始迷恋这个位置所赋予他的那些东西。因此，他的内心有两个自我在进行非常激烈的抗辩，他的身心特别孱弱，这是他感到痛苦的根源，也是他病痛的源头。罗杰想扮演一个牧师的角色，但是丁梅斯代尔认为他没有资格，他只有权治他的病，除此之外，他还怕，怕他赤裸地揭开自己。

陈晓楠：他很懦弱。所以他说，一个杀人犯承认了自己的罪行，都能自由地呼吸，但是他却没有这个勇气，这么看来，他比海丝特还要痛苦得多。

史　航：在日常生活中，我们路遇一条沟，想要跳过去，因为不跳过去就到达不了我们的目的地，但是我们又害怕一旦起跳，就有掉进去的可能，于是，我们就一直站在那个地方，想跳又不敢跳，长久地忍受这种折磨。丁梅斯代尔面临的就是这种状况，想挺身而出，但是他勇气不够。他并非那种无耻的胆小鬼，他隐瞒着自己的罪恶的时候，他是感到痛苦的。

陈晓楠：所以他胸前的红字，是他自己烙上去的。

吴伯凡：他是一个既无法面对自己又不能放过自己的人，所以其实他每天都在被行刑，谁是下手的人？是他自己。谁是刑具呢？我们的海丝特是刑具。为什么说海丝特是刑具？因为海丝特每天苦撑都是为了他。他想的是，海丝特要是把他出卖了也就罢了，可是她每天都在忍受耻辱。只要她不出卖他，只要她不坦白，她就还是一个负隅顽抗的人，教会不会原谅她，那些绅士不会原谅她，上流社会也不会原谅她。这是她对他的保护，这是她为他做出的牺牲，而这些，对他而言，都是更重的刑罚，也是一个死局。还有一点，他觉得他一旦承认，就没有了行善的机会。他作为一个牧师，可以行使他的宗教权利，他可以利用他的职位对很多犯罪的男女好一点，如果这个时候他被揭穿了，他身边那些青面獠牙的牧师，那些猎物行动的狂热爱好者，那些根本不懂怜悯为何物的人，会更加疯狂。所以他一旦走了，就没了行善的机会，这令他感到痛苦，因为他觉得自己某种程度上是在替那些他怜悯的人活着。这也是个死局。你看，这里面有两三个死局套在一起，每一个都是稳定的三角，而那尖锐的一角恰恰刺在他心上。

陈晓楠：罗杰其实也是受害者，只是他从受害者变成了复仇者。

史　航：到最后他变成一个邪恶的魔鬼，这种角色一般叫作黑色超人。他们的能力都是很强的，你看，他身处上流社会，是一个非常博学的学者，是和镇长、主教们在一块的，同时，他还懂医术，而且比普通的医生强很多，他熟悉印第安人的那些草药，他学了好多其他的东西，他真的能够妙手回春。但是他却是个黑色超人，黑色代表了邪恶、魔鬼的那一面，他自认为在维护正义，然而他做的却是以血还血、以牙还牙的勾当，你伤害了我，我一定要尽可能地让你的罪恶、痛苦最大化。

陈晓楠：罗杰有可能对丁梅斯代尔进行打压，他最后不是说了吗，要让他的痛苦最大化，要在心理上打击他。因此海丝特和他达成了一个协议，海丝特表示自己会一直隐瞒他的身份。

史　航：这里头有一个悖论点，海丝特为了保护丁梅斯代尔，才对他隐瞒罗杰是她丈夫这个事实，她不敢跟丁梅斯代尔说你要提防他一点，离他远一点，因为她只要一说出来，罗杰就有可能下狠手，所以她既是在保护他，也是在背叛他。保护一个人就意味着伤害一个人，反之亦然，你去复仇的时候，实际也是在伤害自己。罗杰渐渐变成了一个魔鬼。

陈晓楠：海丝特把丁梅斯代尔放在了暗处，把罗杰放在了明处。他们俩的博弈是不对等的。

史　航：就像一只猫已经捕到了一只老鼠，然后它不马上把它吃掉，而是要尽可能地延长它的生命，它要不停地玩弄它，目睹它的痛苦，把它每一次的痛苦都当作自己的快乐源泉，到最后，这变成了一个非常残酷的游戏。

陈晓楠：所以他对丁梅斯代尔说，我要你活着，只有你活着，你才是最痛苦的。

爱，是智慧的，恨，是愚蠢的

陈晓楠：看这个故事的过程中，我们能感受到人物之间语言的交锋是很凌厉的，随着他们一言一行的深入，我感觉自己像在坐过山车，你们是否有这样的感受呢？

吴伯凡：仿佛陪他们一起站在绞刑架下。

陈晓楠：当丁梅斯代尔在深夜终于站上审判台的时候，他是悲壮的，他是不是完全放开了呢？

吴伯凡：有悲壮，有解脱。他是教会的人，但是他愿意在露天之下袒露真相，他这是在冒险。他站在绞刑架下的时候，希望能有道雷劈下来，希望有人能看见他在做这一切。然后，他的女人和孩子经过了，小女孩问他，天亮之后你还会不会跟我们站在一块？

陈晓楠：一家三口站在绞刑架下，那一幕好扎心。

吴伯凡：这是个罪人之家，是小镇上最痛苦的三个灵魂。从读者的视角出发，你在看着这三个人的同时，你还能看到那个围绕在他们身边的魔鬼罗杰。罗杰也是痛苦的，他知道自己慢慢变成了一个一心只知道复仇的魔鬼，但是他不甘心，他只能放任自己。他的内心也刻着一个红字，不是吗？红字“A”，其实就是三个点的连接，中间的那一横是 pearl。看到这一幕的时候，我突然感到很疑惑，为什么海丝特不带着她的女儿离开这个死亡阵地，这里难道是她的应许之地？她离不开吗？没有人拦着她，她拥有那个绣活的技能，到哪儿都能活，把这身衣服一脱，带着孩子走，隐姓埋名也没有关系。

史　航：曾经有评论家提出，这是一个巨大的情节漏洞。

吴伯凡：当我们聚焦于一篇杰作时，确实容易挑出很多破绽，但就我个人理解，我认为这不是一个破绽，这甚至是令我觉得特别感动的一件事。海丝特为什么不离开？为了自己，她该离开；为了女儿，她该离开。然而为了丁梅斯代尔，她不能离开。她留下来是为了折磨他吗？不是。她认为，她只有留在他眼前，他才能知道她始终都在为他保守着秘密。她在以自己的方式告诉丁梅斯代尔——我忠诚于你，我是那个罪犯，而你不是，你可以继续做你想做的事情，如果我去了远方，你不知道我在做什么事情，你不知道我跟什么人在一起，你会忐忑，而我不想让你忐忑。我要向你证明我的忠诚，我要向你证明我的痛苦，我没有再改嫁他人，我没有变成一个富婆。但对于丁梅斯代尔来说，海丝特的善意就像是撒在他伤口上的盐，她增加了他的痛苦。所以说这个红字又是一个三角形的迷宫，所有人都在里面兜圈子，每一处都是一个牛角尖，钻进去了就出不来。

陈晓楠：像是一把双刃剑。我觉得海丝特因为她的公开，因为她的不抱希望，反而寻获了一种自由，她比丁梅斯代尔要自由得多。

史　航：她直面一切，从一开始她就是站在阳光之下的，巨大的灾难并没有使她变得暗淡，她抱着孩子从监狱门口出来的时候，甚至散发着一种光芒，所以她整个的色调是明亮的红色。而丁梅斯代尔的色调则是灰暗的，那个红字藏在他内心深处，藏在隐秘的角落里。丁梅斯代尔也想忍受海丝特替他忍受的那种痛苦，于是他做了一场虚拟的认证，他在黑夜里大叫一声，叫完以后，他发现自己的声音很大，又担心别人会听到，他就是这么一个人。

陈晓楠：他被夹在恐惧与悲壮之间，是个十分复杂的人物。复杂的不只是他，罗杰也很复杂，刚才我们有提到，罗杰他自己说了——他并非一开始就是魔鬼。

史　航：对，他慢慢地意识到了这个逻辑，他感觉到了自己一步步在堕落、在黑化，他隐姓埋名，生活在黑暗里，谁也不知道他的身份是什么，他所做的一切，都是仇恨驱使的结果。

陈晓楠：有的人也很同情他。

吴伯凡：他以复仇为天职，他建立了一个监狱，他是真正的狱卒，他管理着一明一暗的两个罪人。但他不知道的是，真正被困在监狱里的不是罪犯，而是狱卒，罪犯可能死去，罪犯可能像肖申克一样越狱，但狱卒不会，只有监狱死亡，他才能离开。所以他才是那个被困得最久的囚徒，这对他来说，是一个诅咒。

史　航：某种程度上来说，他就是作茧自缚。他本来是要对付别人的，最后却把自己关进去了，关进了自己亲手建造的心灵的监狱。

陈晓楠：你们当时读这本书的时候，觉得丁梅斯代尔最后会公开一切吗？

史　航：我觉得如果故事的结尾，丁梅斯代尔沉默着死去的话，那这就是一部 20 世纪的小说，而不是 19 世纪的小说。这个人想忏悔，一辈子都想，结果他在忏悔发出之前，突然心梗而亡，这种造化弄人的结局，是 20 世纪的作家会写的。而 19 世纪的作家还有点单纯，如果他有雄心壮志，有悲悯之心，有一个很强烈的愿望，他肯定会让自己笔下的角色在尘世间完成，然后再结尾，他不会那么残酷。

吴伯凡：我想到了罗素说的一句话，罗素在他快 40 岁的时候接受一个采访，记者问他——你想对一千年以后的人说什么？罗素想了想，说了一句很简单的话——爱，是智慧的，恨，是愚蠢的。你会发现，这个故事就表达了这一点，只要是恨都是愚蠢的，只要是爱都是智慧的。

史　航：恨是什么？是不断地终结可能性，是不断地设置你后来没办法回头更改的东西，恨的功能就是这个，而爱它始终保持着一个开放性。

陈晓楠：所以说，为什么几百年前的故事放到今天，我们仍然觉得似曾相识，并不遥远。那是因为人心都是相似的，人与人的关系在任何一个时代，也是相似的。面对这些人性的迷局，我们始终不要忘了，爱是什么，恨是什么，什么是聪明的，什么是愚蠢的。这是人性亘古不变的话题，它会随着一部又一部的经典，来到我们面前，带领我们进行最有价值的思考。

关正文：所谓污点

霍桑的《红字》是经典名著，这个故事发生在美国创建早期的新英格兰移民时代，大批清教徒怀抱着纯净而又混乱的理想，以高尚的道德之名实施民间私刑，造就了不堪回首的荒唐岁月。但这跟今天的中国读者又有什么关系呢？

太有关系了，而且是非常近的关系。举个例子，曾经有个演员，他的电脑坏了拿去修，结果被修理工将电脑里的一些图片放到了网上，因为事关若干人员的私密照，引来了无数人的口诛笔伐，最终竟成一场狂欢。那位演员因此宣布退出演艺圈，一众照片主角也被牵连。多年之后，大家冷静想想，这不过是几位当事人的私事，怎么就成了侵犯社会公德的丑闻了呢？

这样的事并没有结束，后来更是发展到凡出现情感问题的艺人，一律被公众舆论命名为人设崩塌的渣男渣女，并被大加谴责，甚至谩骂攻讦。就好像艺人最该受瞩目的不是他的作品，而是他的私德一样。

本质上，这正是霍桑在《红字》里讲述的故事。

在《一本好书》的节目中，我们在开场动员了几百位观众，向正在游街示众，即将接受道德审判的海丝特投掷菜叶、垃圾，因为她是一个未婚生育的“浪荡女人”。这场面像极了互联网上群情激奋的场景。主教宣判结果：海丝特从此必须在胸前戴上象征耻辱的红字“A”。她在这个小镇所有正常的社交生活从此被抹杀。

霍桑为女主人公铺垫的未婚生育的理由足够充分，她的丈夫失踪多年，这跟死了没什么两样。但她偏偏爱上了一个前程远大的青年牧师，为了维护这个心爱的男人的前途，她只能对“谁是孩子的父亲”这件事守口如瓶，独自背负起骂名。戏剧性的安排是，失踪多年的丈夫出现了。他目睹了妻子被众人钉在耻辱柱上，怒气难消，他当然希望找出妻子的情人是谁。实际上，这也是所有人淫邪的好奇兴趣所在。这位丈夫隐藏起自己的真实身份，以医生和见多识广的知识分子身份混迹于小镇，旁敲侧击地提示主教不要停止对那个情夫的寻找。

德高望重的主教这时候说了一句话：如果你非要穷尽此事，让所有有过通奸行为的人都挂上红字，那么不光是你趣味低俗，而且满街的红字也太多了。

这句话可以再翻译一次，主教的意思是说：从人类实行一夫一妻制的婚姻制度以后，出轨这件事，始终是一个普遍性的问题。对这件事情津津乐道、穷追不舍，不但本身就是趣味低俗的表现，而且更大的可能是贼喊捉贼。来自美国的社会学研究报告证实，在一生中，至少出轨过一次的男性和女性都超过 50%。已婚伴侣中，有

41% 是单方或双方承认有过身体或精神出轨的。

也就是说，在美国，每十个往海丝特身上扔菜叶子的人中就有五个自己也该被扔菜叶。其实，传看他人隐私照片的人，自己的手机里也有类似的照片。道德的高下之别，只在于是不是被别人知晓，主教的意见体现了他对人性的洞察。没有人会赞美出轨，但如果所有出轨的人都必须被砸掉饭碗，那么在美国，将有一半的人会被饿死。

中国年轻网民在这件事情上秉持的价值观同样是分裂的。一边是不断降低的结婚率、不断升高的离婚率，一边是群体性地对在情感上有“污点”之人的声讨唾骂。更有一些并不忠诚的人借着指责别人出轨的行为，让自己获得忠贞的假面。

我们应该有对高尚道德的自律追求，但这并不意味着我们有权用心目中的高尚标准去苛责别人。因为苛责可能会产生悲剧，就像《红字》一样。

海丝特是勇敢的，那个红字，是她自己一针一线绣在胸前、展示给大家的。这不是逆来顺受，更像是一个示威。相反，那位有前途的牧师丁梅斯代尔，因为最初的怯懦，付出了生命的代价。他不是不敢爱，不是不能放弃教职，而是不敢触碰公众的舆论，惧怕被指责、遗弃。

连这个人，也不要轻易嘲笑和唾弃。看看我们周边，那些被狗仔队抓住可疑行迹的艺人，有谁是坦然宣布新欢就是真爱的？有谁不是发誓要回归家庭、痛改前非的？这种人不必封杀，也不必同情。他只是没活成他自己而已。

《红字》中的两个男人，最后都活成了鬼。其实，在霍桑的世界里，只有海丝特和她的小珀尔才是人，其他的庸众，也都是鬼。

在我们的现实中，那些私密照片被曝光的男女，一生都不好过。但其实，庸众的狂欢也依旧如百鬼夜行。

去读读《红字》吧，看到我们自己的荒唐。并且，学会宽容，学会尊重别人的隐私和自由，把别人的爱恨交还给别人。然后，专注于自己的生活。

正写着，“美队”克里斯·埃文斯手滑发出的隐私照片又全球刷屏了。大家只是开着各种玩笑，没人要求封杀。挺好。

忽然想到这要是中国哪位演员手滑，那会是什么局面？心情又不好了。

一本好书

第十本书 × 头号书迷

爱有多深，

占有的欲望就有多强。

《头号书迷》是斯蒂芬·金最为著名的心理惊悚小说，首次出版于1987年，创下首印量100万册的纪录。曾于1990年被搬上大银幕，主演凯茜·贝茨因其中的护士一角荣封奥斯卡影后。

小说讲述的是畅销书作家保罗·谢尔登遇到车祸，被退休护士安妮所救。安妮是谢尔登的书迷，得知他将自己最喜欢的小说人物“苦儿”写死之后，对其百般折磨，让其通过写书为“苦儿”续命。谢尔登被安妮囚禁于家中，深知书写完之日，就是自己命绝之时……

《头号书迷》采用了狄更斯式的“书中书”结构。在贯穿始终的恐怖气氛中，如珠玉般点缀着斯蒂芬·金对于小说创作的真知灼见：写作者和阅读者的关系，讲故事之人的艰辛、愉悦和责任，灵感的本质，“严肃”写作和“流行”写作之间的区别。谢尔登的形象充满自传色彩；安妮则不是被简单地视为怪物，而是以细腻的笔触被塑造，使得绑架者和人质之间扭曲的互动关系真实可信。这本书展现了斯蒂芬·金对于人类心理的深刻理解，继承了美国文学注重情节和气氛的伟大传统，体现出人类灵魂深处种种美丽和悲惨的道德真相。

【作者简介】

斯蒂芬·金，1947年出生于美国缅因州波特兰市，后在缅因州州立大学学习英国文学，毕业后因工资菲薄而走上写作之路。自1973年出版第一部长篇小说《魔女嘉莉》后，迄今已著有40多部长篇小说和200多部短篇小说。他是当今世界读者最多、声誉最高、名气最大的美国小说家，在美国及欧洲，他的名字几乎妇孺皆知。斯蒂芬·金的每部小说发行量都在100万册以上，自20世纪80年代起，在历年的美国畅销书小说类排行榜上，其小说均名列榜首，并久居不下。他的小说被拍成影视作品，是好莱坞的抢手货。2001年斯蒂芬·金因短篇小说《惊魂过山车》而成为《时代》封面人物。2003年他获得美国国家图书基金会颁发的“杰出贡献奖”。其后又先后获得“世界奇幻文学奖”的“终身成就奖”和美国推理作家协会“爱伦·坡奖”的“大师奖”。《杜马岛》是其2008年出版的新作，被评选为第二届黑色羽毛笔奖“年度暗黑小说”，并获得恐怖小说界最高荣誉——斯托克奖。

一本好书 **剧场**

【角色】

安妮：叶璇

保罗：高亚麟

解说：洪志

一切从续命开始

《头号书迷》绝对是一部叫人毛骨悚然、冷汗涔涔的作品，悬疑、犯罪、恐怖等元素足够吊起读者的胃口。

畅销书作家保罗·谢尔登突遇车祸，被住在深山里、离群索居的退休护士安妮救回家，保罗因此保住了命。安妮一开始把保罗照顾得细致周到，而且她还是保罗的“头号书迷”，保罗自然倍感庆幸。但很快，保罗发现安妮性情乖张、喜怒无常、脾气暴躁，更重要的是，保罗隐隐约约地感觉到安妮有着不可告人的过往。

在得知保罗将其笔下自己最喜欢的小说人物“苦儿”写死之后，安妮大发雷霆，开始对保罗百般折磨，给他注射成瘾药物，逼他为“苦儿”续命。

保罗原本是依赖安妮续命，现在安妮却要保罗为一个小说人物续命。一场生与死的角逐就此拉开帷幕。

我们有多少自欺欺人的爱

显然，安妮对保罗是顶礼膜拜的，她完全入了戏，她依赖着“苦儿”这个小说中的人物而活，所以她要保罗改写“苦儿”的剧情。与其说安妮掌握着保罗的生死，不如说保罗通过“苦儿”这个角色，又掌握着安妮的生死。

斯蒂芬·金不仅仅在恐怖、惊悚方面笔触细腻，对安妮疯狂的爱，描写得更是细致，使得这爱叫人越发感到偏执而恐怖。

安妮可以照着书里的描述用心去装饰一个房间，她与一个虚构的人物产生共鸣，她相信只要保罗改写“苦儿”的命运，“苦儿”就活过来了。这是多么自欺欺人的爱！

自囚禁并折磨保罗开始，安妮其实也已将自己囚禁起来，囚禁于保罗的小说里，囚禁于自己幻想的、偏执的、一厢情愿的爱的囚笼里。

爱之深，欲之强

安妮对“苦儿”的爱，已到了疯魔的地步，所以她的喜怒无常对她来说是正常的，她扭曲的控制欲对她来说是不可控的。

为了达到目的，安妮逼保罗喝脏桶里的脏水，用猛踢他受伤的膝盖等折磨人的残忍手段，强迫保罗烧毁新小说的初稿，从而让保罗心生畏惧，对她唯命是从。最后发现保罗的逃跑行动时，安妮更是采取砍脚的疯狂惩罚来震慑保罗。

她想完全控制住保罗，这样她所爱的“苦儿”便可以“活”过来。

心智和割草机相似

保罗曾无意间翻阅了一份剪贴画册，上面粘贴着各种各样的死亡报道。有婴儿有老人，有男有女，共三十多则。这些报道都未提到凶手，但保罗知道，凶手就是安妮！而且更让人触目惊心的是，安妮 14 岁时杀死了自己的父亲。

一切是早有迹象的，只是迹象没有被揭露出来。保罗刚被救时，安妮那么温柔可亲，当某种扭曲的欲望一步步紧逼时，才叫人慢慢看出端倪。所以，看到剪贴画后，保罗不得不确信，不久之后自己也会成为这本剪贴画册上的一页。

我们无法预知明天和灾难哪个先来，生活像个蒙面杀手一般，看不清真面目，就如斯蒂芬·金在小说里所说的一样：“保罗觉得，（安妮）心智和割草机极为相似——表面上看起来好端端的，反过来仔细一看，却变成一架长着利刃的杀人武器。”

人生就是在一堆“冲突”里突围

斯蒂芬·金的《头号书迷》首次出版于 1987 年，在当下更具启迪和警醒意义。这部作品以一层层的恐怖、一层层的惊悚，不仅为我们讲述了作家与书迷，或者说偶像与粉丝这一层关系中扭曲的现象，更为我们揭示了人际关系中不可调和的矛盾冲突。

可以说，小说里所呈现的矛盾冲突比比皆是，也耐人寻味。安妮和保罗是书迷与作者的关系，同时也是囚禁与被囚禁、控制与反控制、依赖与反依赖的关系。

保罗饱受身心的折磨与摧残，求生欲望强烈，他被囚禁、控制，却又依赖安妮的药物，甚至一边想逃离安妮残忍的魔掌，一边又想留下来完成小说……

这种矛盾冲突触目惊心，细想又何尝不是我们日常生活中司空见惯的一种微妙又令人悲叹的关系？父母与孩子之间，或爱人之间，一大堆的矛盾冲突层出不穷，有多少神圣的爱，就有多少魔鬼般的折磨在等着我们去突围。

我们该何去何从？

许子东：我爱你，可你背叛了我的爱。

陈晓楠：她看似无比正常，但在这一点上她可能走向癫狂。

史　航：谁都不能打开她心灵的保险柜，里面不一定盘着一条什么样的蛇。

它不是一个简单的关于欲望的故事

陈晓楠：从惊悚小说的角度来讲，斯蒂芬·金的《头号书迷》真的是站在高峰之上，因为只要你听到这个名字，一打开这本书，就知道即将开启的是一个如坐过山车一般的极其惊悚的旅程。今天我们就是这段惊悚之旅的导游。其实这本书中很典型的一点是，说到了偶像和粉丝之间的关系，粉丝崇拜和追捧偶像，被拿到了这样一个非常特别的情境当中，二位觉得最恐怖的是什么？

史　航：我们以前觉得一个词很温馨，叫“二人世界”。但在没人的时候，二人世界是非常恐怖的。

许子东：二人世界不是很美好的吗？

陈晓楠：对安妮而言，二人世界是真的纯粹的二人世界，因为她本身就离群索居。

史　航：只有六只鸡、一头猪、两头牛和他们俩。

陈晓楠：对，她远离周遭的人群，她本身就是这种边缘型人格。

史　航：而且这个粉丝说，你要听听我们粉丝的意见，我们知道你怎么做是对的，粉丝是妈妈，你这个爱豆是个宝宝。宝宝要听妈妈的，我是为你好。这句话确实很恐怖。

许子东：你们要是看过原著，就会发现现在这个改编版真是温柔，小说里的女主角可没这么漂亮。从小就听人说过一句话，电影里的女主角一定要漂亮，我觉得这很肤浅，后来长大以后发现还真有一定的道理。你看刚才这场戏，要是像小说里边那样，女主角一出来，40 多岁，壮得像头牛。

史　航：没有脖子的。

许子东：但是这么一改编呢，就是完全不同的形象，性质也改变了，原来小说里边是一上来这个作家就明白，惨了，我要死了，从头到尾就在面对死亡的挣扎，有点儿像一个硬派版的《热爱生活》。现在不一样，改编了以后，你看这是精神版的虐恋，对不对？

史　航：确实，因为叶璇这个演员本身的特点就在于她能演出神经质，但她也有很美丽、很平静的一面，所以还挺值得的。你要看原著，一开始的人工呼吸你都替男主角受不了，女主角是带着口臭的。但是叶璇老师无论是一开始的人工呼吸，还是中间奖励的吻，你都还挺替作家高兴的。

许子东：他就幻想这是个温柔陷阱。这种男女两个人在一个禁闭的空间的情节拍过很多电影，有很多种不同的拍法，最常见的是日本人的一种拍法，叫《禁室培欲》，你看过没有？他们拍好多集，基本上就是一个男的很粗暴地绑来了一个女的，然后他要在这个禁闭的空间里，给她吃，给她喝，对她说“我爱你”，女的开始是反抗，然后渐渐被驯服，就像现在这个，看上去好像是一个颠倒版的。咱中国最近也有一篇，我们非常喜欢的作家贾平凹写的《极花》，《极花》就是这么一个故事。他将这个恐怖的故事加了社会内涵，那个地方很穷啊，找不到女人，找不到媳妇儿，结果呢，就人口贩子绑来一个女孩子跟男的在一起，也是限制你的行动自由，给你吃，给你喝，对你很好。咱们中国版的那个《极花》是怎么样呢？跟日本版一样。你知道日本版的，最后女的都会爱上男主角，都是有斯德哥尔摩情结的，连《极花》也是，最后那个女的被放走了，走了以后还回来。所以有很多女权的评论家抗议，说《极花》政治不正确，贾平凹还说，你们知不知道我们农村有些地方就是没女的，她们说没女的就能绑吗？但是这部小说用了这么一个价值，其实不一样。

史　航：对，其实它培养的是欲望，但这个男主会认为自己培养的是感情，我要你不是离不开我，而是爱上我。而《头号书迷》呢，它讲的是我要培养你有一种正确的创作观念，我知道写什么样的小说是对的，那种快车小说你不要写，你写这种。不是要求你爱上我，一直不提这事儿，你要爱上我爱上的那个文学世界、文学价值观，我们俩共修文学史，就是阴阳双修文学史，就这个是特别好玩儿的事情，所以它叫《头号书迷》，它不是一个简单的关于欲望的故事。

许子东：对，《头号书迷》这个名字就改得更温和了，给我们一个开始的希望，至少这个关系是从一个美好的出发点开始的。但最后变得非常厉害，就是说它虽然不是说爱，但它是说对他的控制。我爱你，所以我一切是为你好。

陈晓楠：其实不管是它这本书，还是偶像和粉丝的关系，放到这个特殊的情境里，它都是一种控制和反控制的关系。在这里头我们已经看到，它是一层一层的，后面还会有更惊心动魄的，这里面你已经看到了安妮她的几种不同情绪的反转。

史　航：对，其实特别好玩儿，她第一次生气是因为什么事儿？就是我等会儿给你药，你非现在要。她第一次甩脸子就是在这儿，作为一个专业护士的权威被冒犯了，这是第一次。之后就开始变化，你的新书我看不懂，我是个天生的读者呀，你让我看不懂，我又一次被冒犯。

许子东：我爱你，可你背叛了我的爱。

史　航：有一个日本作家，写了一本书叫《三国志男》，男人的男，就是说有一个日本人特别迷恋《三国志》，来中国旅游就是因为热爱《三国志》，所以那个小说写了什么呢？写他到了成都武侯祠，遇到了一个成都萌妹子，俩人聊天聊得特别好。然后那个武侯祠里下班了，萌妹子问要不要一起吃晚饭，他沉吟了一会儿说，你先走吧，我再陪陪丞相。我跟你共同认同一个角色，认同一个角色好办，认同一个作家也好办，最怕的是我认同角色不认同作家。作家如果不写这个角色，背叛这个角色，我替天行道、除暴安良，我要除掉这个作家。所以我觉得，有时候作家倒霉就倒霉在你写了你自己并不爱，别人却爱的角色，这是一个倒霉的起点。

陈晓楠：其实还有好多人觉得这里面很恐怖。

许子东：我在想那个成都女子，走的时候会不会觉得白聊了半天。

史　航：敌不过丞相。

在亲密关系里，都存在控制和反控制

陈晓楠：我们在这里看到的这种控制和逃脱肯定是一个极化版的，一个特别夸张的，实际上在这种所谓的二人世界中，就比如说在情感关系、亲密关系里，这种控制和反控制都是存在的吧？

史　航：因为没有别人可以分心，没有别人可以迁怒和背锅，我要不高兴，就是你惹我生气。

许子东：现在改编版换了一个美女来做这个杀手，她的确可以使人把这个故事从单纯的一部恐怖片，联想到一般的男女关系和一般的控制，还有对控制的依恋。

陈晓楠：首先要让你有一个东西是可依恋的，就是说我一定给你点儿甜头，这颗糖里面就是药。

史　航：现在这个故事呢，改编者给包了一层糖衣，糖衣溶化后就知道自己含的是炮弹了。

许子东：既是糖衣，又是炮弹。

陈晓楠：对于安妮来讲，她这种性格应该就是边缘型人格，很显然是一种病态的人格。

许子东：你要设想一下，这么多天，她要为这个男的擦洗身体，要全盘照顾他，不管出于什么样的可怕的爱情，都很了不起啊，对不对？不过再往下就难说了。

陈晓楠：为什么烧这个稿子的时候，她一定要让你来烧，因为她要你自愿，因为我要征服你，要征服你的心，我爱你是因为你创造了角色，现在你创造的角色不对了，等于你出轨了。我现在每次看到她嘴角带笑，我心里就感觉更恐怖了。

史　航：对，她下一刻就要翻脸。

陈晓楠：在这个控制和被控制当中，其实是有非常非常多的方法，而且斯蒂芬·金太会讲故事了，他永远要让你身陷重重迷雾，然后再推到下一层的黑雾里面去。安妮一定要让他按她的意愿续写下去，对作者来讲，是不是写“苦儿”已经是一个廉价的重复了呢？我不知道你们有没有这种感觉，就是你到底是在为你的读者写还是在为你自己写。是不是一直存在这样的矛盾？

史　航：我想起那个J.K.罗琳，她写了那么多卷《哈利·波特》，那么多粉丝喜欢她，她换了个名字开始写《偶发空缺》，是一部讲英国小镇的选举现状的现实主义长篇小说，我读起来挺快乐的，但是卖得很差。粉丝们怨声载道，但最后她也不会续写《哈利·波特》，粉丝们对她肯定是失望的，有很多人脱粉。还有柯南·道尔，他本来也是把福尔摩斯给写死了，但写死之后，被读者恐吓得接着写《福尔摩斯》，所以作家跟读者掰腕子基本都是掰不过去的。

许子东：畅销书作家在写的时候就在考虑读者的需要，所以读者入戏了以后对他产生期望是非常正常的。当年张恨水写《啼笑因缘》，在北京写，发表在上海《新闻报》，写到一半，他到上海来签约，看到人家在街上排队买他的报纸。严独鹤他们就说，你看，你写的小说多成功，人家整天排着队买。那他接下来写这个男的到底跟哪个女的好呢，他就得参考读者的意见。通俗作家通常是这样的，他们是大公无私的，至少是先人后己的，你们要什么我就给你们创造什么。不过回到这个故事里面，这其实已经不是那么重要了，重要的是生死问题。保罗在整个挣扎、奋斗、受伤的过程当中，这部小说是维持自己的精神支柱。

陈晓楠：安妮威胁保罗的时候，用很温柔的语气说，你可以去打听打听，我都做过些什么事。这句话其实让人浮想联翩。安妮这个人她到底做过什么事，她是什么样的背景，一些可疑的线索慢慢拼起来的时候，恐惧感排山倒海地就过来了。

史　航：对，但这儿我跟斯蒂芬·金有不同，我觉得安妮她从前做过凶手，杀过人，犯过事，反而对我来说就没那么有意思了。恰恰是完全无辜的一个人，她能做出这样的事才吓得到我。如果斯蒂芬·金写女主安妮没有任何前科，我会觉得更恐怖，相对来说更吓得到我。

陈晓楠：在人性里挖得更深一点。她看似无比正常，但在这一点上她可能走向癫狂。

史　航：谁都不能打开她心灵的保险柜，里面不一定盘着一条什么样的蛇。

许子东：不知道为什么，我看到这里就想起了《围城》的后半段，你看孙柔嘉刚开始非常和善，隐藏得很深，结婚以后完全变了个人。

陈晓楠：是不是还有一句话很熟悉——我对你那么好。

许子东：对，我对你那么好，你怎么可以这样。我们如果把那个声音去掉，就是一个场面，男的要做一件他不愿意做的事情，女的在旁边监督他做。这场面多么令人熟悉。

陈晓楠：一会儿温柔，一会儿威胁。

史　航：如果她不是连环杀手更有意思。真正的恐怖都是在平常人家，日常交恶的中间绽放的东西才可怕，这是当代都市人躲不掉的那种恐怖感。当一切进入你的主场、你的闭环，就不一样了，而掉到别人主场里头度日如年的那种感觉，我觉得这种恐怖比任何连环杀手带来的恐怖感都更强烈，因为这就好像，日常生活中人跟人的任何接触，都可能迸发出这种控制。

陈晓楠：对。这个除了会让你想起疯狂的粉丝，其实在日常的、没有这么极致化的亲密关系当中也有这种，咱们不说它是控制与反控制，可能不是刻意的，但是人和人的关系就是这样的。

许子东：可能你觉得她在控制你，她也觉得你在控制她。因为你老跟她说要穿什么裙子，还要梳什么头发。

陈晓楠：然后你的温柔就是那颗糖，就是那个快乐依赖。但与此同时，你的要求，说我对你那么好，我希望你按我喜欢的去做，就是那颗炮弹。这件事情其实就是这种关系里特别大的一个实质，你不喜欢的最好你都能排除掉，就像烧书稿一样。我们在这么恐怖的故事里看见自己是更恐怖的事情。我觉得叶璇回到女护士那种很温柔的感觉的时候，我就悬着一颗心，你不知道今天她是笑呀，还是突然一下子变狰狞。

史　航：你知道叶璇为什么是那样喜悦兴奋的表情吗？因为作为护士，她第一次干了医生的事儿，她可以亲自给人动手术了，看了这么多年终于能动手了。

“人”字的结构就是相互支撑

陈晓楠：我们这个节目要再介绍什么，15 岁以下儿童，请在家长监护下来观看。

许子东：本片动作不宜模仿。

陈晓楠：一定不能模仿，这只是戏。那我们来分析，其实在电影里还有更恐怖的一幕，是吧？

史　航：把他大拇指也给剁了。

陈晓楠：左手的大拇指。

许子东：不让他再点赞。

陈晓楠：对，而且专门剁了左手的这个拇指，是因为右手还可以打字。心理上的这种游戏太恐怖了，太让人窒息了。但是我觉得这里特别有意思的一个点，一定要请二位作家来分析一下，就是他们三个的角色，安妮和作家以及“苦儿”之间形成了一个奇妙的三角关系。安妮，你别看她非常暴力和强悍，而且离群索居，她有非常乖戾的一面，可是她又无限同情那个剧作里的主角，怜惜那个主角，苦儿死了，她很愤怒，所以她靠着这个角色，一个不是她创作的角色，靠着别人创作的一个角色活下去。作家最后其实也是靠着苦儿这个角色活下去，等于这两个人都靠着这个角色活下去。这个三角关系很有意思。

史　航：“人”字的结构就是相互支撑，他们写出一个“人”，俩人就可以相互支撑。但其实看到后来特别有意思的两件事，一个就是我们的主人公安妮是一个严苛的批评家，比子东兄还要严苛的，说你不能作弊，你不能随便搞一点儿套路写一写就算了，一定要认真写，你不能重复，你不能打马虎眼，这一点很有意思。而且她读的这个《苦儿还魂记》，它已经是跟以前读的不一样了，因为写的也不一样，其实这个读者在被作者缓慢地改变，要接受一种恐怖的、重口味的气息。所以如果假以时日，很可能他们两个真的一拍即合，这个作者真的能把这个读者带到一个更成熟的阅读领域。但是，最后由于咔嚓咔嚓的斧子，一切还是错过了。

陈晓楠：它这里面有一点特逗，这个作家说，当我被逼着写的时候，我的生活是极尽单调的，我就幽闭在这儿，只能做这件事儿，我反而有很多的灵感；还有一个，那个角色自己活起来了，好像自己在往前走，我在追那个角色，许老师有这感觉吗？

许子东：我总觉得他后半部分不断地讲写小说是在充篇幅。他主线就是要反抗，因为要杀他嘛，但故事到一半已经是这样了，我这后面一半还写什么呢，对不对？结果他就搞了很多那个故事里边的情节，我看到那些字体啊，我就跳。

史　航：那是炫技。

许子东：我就跳。他不断地写这个是有一个最基本的道理的，就是本杰明总结过，他在30年代、40年代总结过，他说传统的审美是韵律，现代的审美是震惊，他说过去的审美就是要看到一个唯一，就好像我们看无数遍的蒙娜丽莎，都一定要到她面前看这个原作。但他说有了电影制造工业以后，人的审美趣味就不是追求韵律了，就追求shock。我们现在进电影院，有个女的脱了衣服进去洗澡，要是她安安静静地洗完澡又穿上衣服，我们一定很失望对不对？我们都知道一定会有个人冲进来，或者诸如此类的。我们观众已经被培养了要这个shock。整部小说它隔几段就有shock，一会儿割手指了，一会儿砍大腿了，一会儿这个，一会儿那个，就跟电影一样对不对？所以我觉得这个是他为了满足读者的需要，这么大的销量，他不断地制造震惊的感觉。就是说，我们以前觉得一部电影好看是看完以后久久难忘。现在看电影好看，就是看的过程当中要刺激，看完以后可能就没什么。

陈晓楠：忘了也没事儿。

许子东：但看的时候要刺激，否则我就说它闷。但刚才剪的这一段为什么又叫我们感到特别恐惧呢？我发现是因为砍脚的这个情节非常陌生，可是前面讲的几句话大家也都听到过。

陈晓楠：又来了。

许子东：你你你，你出去。——你今天有没有出去？——我我我……我没出去啊。我就出去……——出去几次啊？快点说。——就，就一次。——就一次吗？别骗我哦，肯定就一次吗？——哦，好像还……还有一次，我到邮局去了一次，我……——就两次吗？肯定哦，不要骗我，你出去几次都没关系，但问题是你不能骗我。

陈晓楠：对，这句话最经典了。

许子东：我不会生气的，但你要是骗我，这个事情就……它当然没有砍脚这一段，但是前面，后来那个男的可能想，我出去几次她怎么知道？对不对？我就说两次，而且开始已经说了两次了，后来再改口不就是骗人了吗？所以你就知道，人都是为了坚持小错而犯更大的错误。

陈晓楠：对，越抹越黑。

许子东：后来她就不断地追，你不断地坚持，最后那个人从微信里跑出来，你每天走多少路。你看你走了四千多步，你去了两个地方，怎么回事啊？所以这些都是我们日常非常熟悉的语言，在表达爱情，在表达亲情，在表达和谐的关系，就是不表达那个脚。

陈晓楠：我们有其他的方式。

许子东：对，有其他的方式。但是，大家会发现所有美好的东西、崇高的东西、庄严的东西，过了头以后它就变成暴力，变成了极端，变成了对人性的毁灭。

陈晓楠：对，还有一点我觉得特别熟悉，就是这个安妮她会说都是因为你，我才这么做的。比如说中间有一个情节，警察来了，险些发现这个作家，然后他一发出声音她就把那个警察给打死了。

许子东：警察后来又来了，对不对？

陈晓楠：对，她会说不是我杀了他，是你杀了他。因为你，你发出响声，他现在这样跺脚也都是因为你，是你让我做了这样的事情。

许子东：所以第二次警察出现的时候，保罗就不敢喊了，因为他脑子里不断重复“都是因为你，都是因为你”。

陈晓楠：她还一定要给自己找一些道德支撑——我这么做是对的，是因为爱你，对吧？

史　航：书里头保罗后来也说，她居然让我产生了内疚。刚才子东兄说的是一个我们熟悉的恐怖，到底出去几次那种，我不在这段时间看没看电视？打开几次？电视为什么是热的？你过来摸摸。

许子东：对。我们对小孩也常常这样，对不对？我们也是爱他们，对不对？

史　航：对。除了这种熟悉的恐怖还有陌生的恐怖，咱们就说砍脚，它陌生在术前的注射，给你注射麻药。

许子东：很专业。

史　航：然后我还给你直接上碘酒消毒，我们去医院也会被人注射麻药，也会涂碘酒对吧？

陈晓楠：这个是最恐怖的，因为打针并不是打的那一下恐怖，而是涂碘酒的那一下最恐怖。

史　航：对，酒精棉球的恐怖。

陈晓楠：对。所以她说我已经给你打过针了，我要给你做手术了，这句话才恐怖。

史　航：这是一个医护人员给你带来的恐怖。以前我记得有朋友说他的女朋友是个护士，经常闹着要自杀，每次割腕血量都计算得很准确，可以叫救护车，但到那儿处理完，半小时就可以出来。护士，剂量很精确，你跟这样的人谈朋友，一切计算得太合适了。

这个世界里头，其实一个人永远先人后己

陈晓楠：我其实特别想问你，是不是需要被幽闭起来，你才能创作出伟大的作品？

史　航：对，你在一个剧组，被关在那儿创作的时候，其他人打饭，谈笑风生，走过你的门口突然变得安静，嘘，史老师在工作。这就是一个人在创作的时候，别人在等着你创作，这个最简单、最普通的恐怖在这里面也有一个非常忠实的体现。所以我觉得这个特别有意思，就是你遇上一个头号书迷的时候，你永远希望他远在天边，来默默支持你。这个世界里头，其实一个人永远先人后己。

许子东：不过我们也可以换位思考一下，你站在他的描写里边，一个作家在写，旁边你亲爱的人等着一张一张地看。杨绛就这么描写过，钱锺书写一段她看一段，后来我们看《围城》觉得特别干净，男女在一起一点肢体动作都没有，我们现在才明白这个是过滤的，对不对？你好意思吗？

史　航：所以，前边写唐晓芙什么的都写得很纯净，但最后写到孙柔嘉的时候，作者有了一些批判主义的豪情。

许子东：终于发泄了。不过他发泄完了以后，对知识女性还是很尊重的。但是反过来想想，作家的夫人也很痛苦，烧好了饭也不敢叫他，他睡在那里，躺在那里，其实在睡觉，但做个梦，灵感又来了，要写东西了，就不敢打搅他。

史　航：会不会在想别的女主人公？

许子东：那个女主人公对不对？所以要问他出去过几次，对不对？

史　航：出去过几次？构思过几次？我要不在，你会怎么写？

许子东：对，精神出轨过几次？

陈晓楠：所以，我觉得世界上最恐怖的事不是看《头号书迷》这种恐怖小说，而是作家，像你们这样的人自己去看这部小说。

许子东：不不不，作家是帮人家宣泄恐怖的，因为所有这些恐怖的东西一直有市场需要。我以前问过很简单的问题——为什么这么多人喜欢看鬼故事、恐怖故事，这对人类有啥好处？对我们精神文明建设有啥好处？后来才明白，恐怖也好，这种有距离的危险也好，它表现的其实是人的一种求生的本能，经过对恐怖的事情的这种宣泄以后，比如你看完这样的电影走出门，本来你生活中充满了烦恼，但你走出影院的时候就感觉，还好吧，回家吃饭。

陈晓楠：幸好不是我。

许子东：所以，这个就是为了宣泄人的恐怖情绪，也是唯一的功能。

史　航：这是最正能量的部分，让你想亲吻大地，亲吻拥堵的路况。

陈晓楠：刚才那个片段里面，我记得最后一个镜头是安妮意味深长的笑，这个能让人窒息到顶点，所以我觉得为了排解一下我们的紧张，一定要找到这本书，去看一看这个作家最后到底是不是真的求生成功了。

关正文：商业化的悲剧

斯蒂芬·金的这部名著，有好莱坞改编的经典电影《危情十日》在前，本来是不符合《一本好书》的改编原则的，我们没有必要把人家已经影视化表现过的东西再演一次。选择再次改编和演绎《头号书迷》，一是因为对好莱坞电影改编的不满，二是因为当下的文化生态所带来的危机，需要借用经典的力量提示警醒、进行抗争。

先说不满。实话说，《危情十日》中安妮的形象是忠实于原著的：这是一个粗鄙、壮硕、满嘴口臭的女人，她痴迷于作家保罗写的通俗小说，并且在巧合的情节安排下，实现了一个狂热粉丝对作家的私人占有。这个几乎令所有男人都会自然产生生理性反感的女人，偏偏还喜欢扮演上帝、多次杀人、变态且自以为是地认为自己是在为地球清理垃圾。好莱坞电影准确再现了这一切，扮演安妮的凯茜·贝茨因此获得了奥斯卡最佳女演员奖。而我最大的不满，就是这个丑到了极致的女人，让今天的观众缺乏对身边狂热追星的粉丝现象的代入感，降低了这个故事可能激发思考的力度。

感谢叶璇老师，她演绎的安妮尽管依旧疯狂，但是比好莱坞电影中的样本更加丰满。在《危情十日》中，你只能感受到安妮暴虐的杀伤力，却感觉不到她因为痴迷热爱而产生的杀伤力。但在叶璇的演绎中，她的外形是漂亮的，她的爱是真诚的，她的占有欲望是自然的，她只是眼里容不下沙子，不能接受糊弄和背叛，并且用最简单有效的方式全力控制局面而已。她的索要是单纯而明确的——她只要她喜爱的人物活着，作家保罗只要做到这一点就是可爱的，就可以继续活下去。如果做不到，那就只有玉石俱焚了。

这才是我们选择《头号书迷》所要传递的信息，因为这样的安妮更能代表今天的粉丝现象和心态，在我们看来，互联网所引发的强大的粉丝经济，是人类正在经历的一场前所未有的文化危机，最起码，它是值得全社会认真讨论的现象。从目前的情况看，警醒的、有质量的反对的声音，实在是太微弱了。如果《一本好书》还有一点社会影响力，那么我们就该努力发出声音，引起讨论。

粉丝经济是一个商业逻辑。产品生产满足消费者的需求天经地义，粉丝偏好和粉丝集聚，是文化消费者表达需求的方式，而满足粉丝需求、按照粉丝经济的规律完成生产和营销，也就成了文化产业、文化商品生产的主导逻辑。这个逻辑并没有错，但是沿着这条路走下去，一开始还是强调有价值的内容要接地气，后来就是大数据指引下专注于粉丝经济的开发，把爱你的人当成获取收入的对象，再后来就变成了全社会大规模人群的生存方式，上亿人每天都在努力想办法获得粉丝，然后利用粉丝的爱激发购物冲动，带货挣钱，引发数亿人的消费狂欢。

抖音被美国封杀一事在中国成为热议话题，但这也可能掩盖了文化的危机。几乎所有的媒体，不管是传统电视的还是传统互联网的，全都面临着抖音众生欢愉生态的碾压。这不是好坏高下的问题，也不是精英与大众的矛盾问题。二百年来，从书籍到报刊，从报刊到电影，从电影到电视，从电视到互联网，传播媒介的每一次迭代，无不伴随着更具大众性的满足，也无不伴随着低俗化危机的指控，但人类文化全都完成了自我修复，并且开创了更加辉煌的局面。相信这一次也是一样。

那我们还有什么可担心的呢？对这个问题，我的看法是这样的：文化危机之所以能被修复，不是因为对大众需求无限度满足的力量，而是超越大众已知需求的力量。也就是说，总是有人在坚持人类文化的传统，而不是只有一个声音。

很多人在讨论这个问题的时候，总是强调文化产品的特殊性，但这其中不免带有了市场失意的艺术家的酸气。其实，生活必需品之外几乎所有的商品，它的需求都不是大众消费者自发产生的。没有汽车之前，消费者只会需要马车；没有空调之前，消费者只会需要扇子。这个道理证明：任何领域，消费者已知的需求都是低水准的，围绕低水准需求不断重复生产的行业，我们会认为它是夕阳产业；围绕低水准需求不断重复生产的文化产品，只有单纯的娱乐功能。娱乐不是文化产业的危机，而是文化的危机。娱乐至死，死的不是受众的身体，而是受众通过精神生活实现自身生命质量提升的可能性，死的是精神产品自身的生命力。

说回《头号书迷》。安妮的需求就是保罗小说中的主人公苦儿必须活着，哪怕每天什么都不干，只是看报纸都行，这很像是现在很多网红直播的自己的生活。作家保罗靠着满足粉丝需求的写作挣了不少钱，但当他不想再重复无聊的故事，甚至宁愿抛弃粉丝的时候，他遇到了安妮，于是，创作路径的选择，变成了生死的较量。

今天亿万粉丝面对偶像的心态，与《头号书迷》安妮面对保罗的心态，只是五十步和百步的区别。五十步与百步，对粉丝个体而言，当然是有本质的不同，但作为一个强大的群体，这种不同就没有太大的差别了。日常生活中个体的粉丝不可能决定偶像的生死，但群体的粉丝却像安妮一样，掌控着偶像的生死权。这个生死不是指生命，而是指生命的价值。作家是语言和思想的表演者，所以他跟演员一样，失去了观众，他的表演就没有意义。现实中的偶像几乎是在全天候地进行着满足粉丝的表演，留什么头发、穿什么衣服、选什么戏、跟谁谈恋爱，全都是服务粉丝的一部分。现在的问题是，拥有百万粉丝的“网红”数量也到了百万量级，自媒体变成了大规模人群创业的路径和谋生的手段，网络生态塑造出所有人都在计量粉丝数量的新时代，满足粉丝，心甘情愿地被受众控制，利用一切机会收割粉丝的韭菜，从行业先进经验变成了全社会最普遍的价值观。

每个人都是保罗，每个人都是安妮，在日常的“杀人游戏”中乐此不疲。这就是我们选择推荐《头号书迷》的意义。

注：为尊重原著，《精彩书摘》所引用文字尽量保持所选版本原貌，请读者知悉。